六十歳からの人生

老いゆくとき、わたしのいかし方

曽野綾子

興陽館

はじめに――人生の変化を「アドリブ」でこなす

毎日山のようにすることがあり、それを夢中でこなしているうちに、あっという間に私は六十歳になった。しかし時代は変わり、世の中の感覚も変化していて、私は驚いたことに六十四歳から七十三歳までの約十年間、生まれて初めて勤め人として働くことになった。

或る財団の会長として勤務したのである。

初めは週に一日出勤すればいい、という話だった。主に小切手にサインをし、会議に出るのが仕事である。しかし現実はそうはならなかった。

世間はそれを雑用というが、実は組織には極めて人間的な雑事がたくさんある。そしてそれこそが、実は本質的に大切な部分なのである。暫くすると、私は週に三日出勤することさえあったが、私が会長を引き受けた条件はたった一つ、「無給」ということだったから、週一日出勤の約束が三日になろうが大して違いはなかった。

六十歳からの暮らし方など、若い時には誰も予測できないし、それは備えることもできない。しかし六十歳後に何が起ころうと、臨機応変に受け流すことができるのが六十歳以後である。つまり「アドリブ」の人生だ。襲って来る人生の苦難や変化を、アドリブでこなせる才能を六十歳までに貯えろ、ということだろう。

日本語では「巧者になる」という言葉がある。人生は巧者にならなくてもいいような気もするが、何十年も生きて来て、巧者になる道も全く知らない人がいたら、これも又「何をして生きて来たんだ」と言われることになるだろう。

人は常に誰かから何かを学んで当然なのだ。

六十歳からは、いかなる人も逃れられない共通の運命が襲う。

老化という人間の本質の変化である。もっともたまには、この運命を、うまいこと逃れているように見える賢い人にも会うが……。それは「逃れて」いるのではなくて「対処して」いるだけのことだろう。

対処こそが人間的な業なのだ。

逃れるのだったら、それは野性の動物の行為と同じことになる。うまく行くかどうかは別にして、行き先の見えている日々に対しては私たちは少しは備えなくてはならない。それが人間の謙虚さというものだろう。

この書は読者に、ただそのきっかけを作ることに少し役立てばと願っている。

六十歳からの人生　目次

第二章

六十歳からの人付き合いは、無理をしない……63

第三章 六十歳からの暮らしは、身軽に……107

第四章

六十歳からの病気との付き合い方……163

第五章

六十歳からの人生をいかす……189

第一章

六十歳からの時間を生きる

残された時間を大切に生きる

いずれにせよ人生の持ち時間は誰にも決まっているということだ。昔母に、よく丸い素朴な塩せんべいを十枚買ってもらうことがあった。子供の私はその十枚を改めて数え、どういう時間配分で何枚ずつ食べようか考えたものである。

それに似たことを、私たちは死の時までし続けることだ。

せんべいの食べ方だって、決して予定通りにはならなかった。私はたいていすぐ食べてしまって、夕飯までだって残してはいなかったのである。その反対に、夏休みの宿題は八月十五日までに仕上げると言っていて、ほとんどその通りになったことはなかった。

死ぬまでに、私たちは「自分の生まれた国家」に深く関わらせてもらう。税金も取られるが、私のような年になると、介護保険も受けられる。歩道橋だって、公園のベンチだって、あって当然というものではなく「あるからありがたい」ことなのだ。

私には現世で会ったこともない姉が一人いる。彼女は愛らしい性格の優しいよく気のつく少女だったらしいが、三歳の時に肺炎で死亡した。その後六年経って私が生まれた。抗生物質のない時代だったから、肺炎は多くの子供の命取りだった。

現在何歳であろうと、生きている私たちは、皆、現世を知ることができるように選ばれたという意味で、大変幸運な存在であり、魂なのである。

だから、私たちは与えられた死までの時間を大切に、まともに使わなければならない。まともにというのは「自分のできることで」ということでもあり、「分相応に」と言ってもいい。「分相応」というのは美しい言葉だ。

そして私は、この言葉と連想してもう一つ好きな語がある。

それは「死を常に意識して」という戒めだ。死を感じていなかったら、私たちは今この時間をどう振る舞うべきかもわからなくなるだろう。

しかし死は人間の予知能力、予定能力を越えたはるかな地点からやってくる。この畏れの感覚があるから、私たちは謙虚にも自由にもなれるのである。

『毎日が発見』２０１８・１

自分を幸せにする四つの要素

老年の幸福を、私はあえて健康を別にして考えたいと思う。なぜなら健康は深酒、喫煙のような自分に責任のある要素を除くと、素質的な要素が多いから、自分の自由にならないのである。そして健康という要素を除外しても、私を幸福にしてくれる要素は四つあるだろうという気がする。

第一の単純な条件は、身辺整理ができていることである。まずガラクタを捨て、家の空間を多くする。自分にとって大切なものも、私の死後は、娘や息子にとってさえ要らない場合が多い。ましてや他人には何の価値もない。写真、記念品、トロフィー、手紙、すべて一代限りで今のうちにさっさと捨てる。その捨てるという作業に専念できる日が目下の私にはそれほど多くないので、整理は遅々として進まない。

空間が増えるということは、老年の家事労働が楽になることなのである。拭き掃除も簡単になる。探しものもしなくて済む。腰が痛い人は屈まなくていい。嫌な匂いを家の中に溜めず、いつも風通しのいい状態を保てる。床もテーブルも物置ではない。ものはその本来の目的のために働けるようにしてやることが大切だ。床は移動のための空間なのだから、何も障害物なしに動ける状態がよく、テーブルは食事のためだけにいつも空けておかなければならない。

冷蔵庫の中のものも、古いものから残さずに使って、必ず別の料理に使う。しかし衣服などいつも古いものばかり着ていると、老人自身が古びているのだからますます見苦しくなる。時々古いものを捨てて新しい衣服を取り入れ、こざっぱりした暮らしをするのが私の理想だ。

第二の条件は、老年がもうそれほど先のことを考えなくてよくなっていることから始まる。私は自分が死んだ後のことなど考えられないし、またあまり考えて口を出してはいけないような気もしている。だから、自由になる範囲のお金や心や時間は、他人のために使うことが満たされるための条件のような気がしている。

つまり人生を活力で満たすものは「愛」、相手が幸福であることを願う姿勢なのである。他者を愛することが自分を幸せにする、という一見矛盾した心理を認めること、これが第三の条件なのだが、この程度のことは誰でも知っていると思っていると、それがそうでもない。老化は利己主義の方向にどんどん傾くからである。自分だけの利益や幸福を追求しているうちは、不思議なことに自分一人さえ幸福にならない。これは別に老年だけの特殊事情ではないのだが、若い世代でも、まず自分の利益を守ることが人権というものなのだ、と教わったらしいから、幸福になりようがない。自分のことだけを考える子供のような年寄りになるのは、やはり失敗した老年を迎えたことなのである。

第四の条件は、適度のあきらめである。

この世で思い通りの生を生きた人はいないのだ。それを思えば、日本人の九十九パーセントまでは、実生活において人間らしくあしらわれている。水道や電気の恩恵に浴し、今晩食べるもののない人も例外的にしかいない。医療機関に到達できずに痛みに耐えている人もいないし、子供を通わす学校がないという人もいない。

それらはすべて、世界中の人が当然受けているものではないのである。世界には常に政治的な難民と呼ばれる人や、日本人と比較しようもないほどの動物のようなみじめさの中で暮らす貧民がいる。彼らと比べると、総じて日本人は人間として最低条件が整った生活をして生きてきた。もって瞑すべし、と私はいつも思う。

ほんとうは社会の不平等や、親子の不仲や、友の裏切りは、人間としての人生の許容範囲の中にある。事故や事件で命を失うことは許容の範囲とは言えないかもしれないが、潜在的可能性の中にはある。「ないものを数えずに、あるもの（受けているもの）を数えなさい」という言葉がある。私はこの姿勢が好きだ。この知恵の満ちた姿勢でてきめん幸せになるからだ。

六十歳からはあらゆることを体験していく

六十歳の頃、同じ年の奥さんが、自分の誕生日に立派な鰐《わに》革のハンドバッグを買った。その方は未亡人だったから、「主人が生きていたら、当然お祝いに買ってくれたろうと思うので買いました」ということだった。私はその話に感動した。

しかし私がほんとうにその女性の還暦を祝いたかったのは、彼女がまだ鰐革のハンドバッグを持つ体力があるということだった。私はもうどんなにすばらしい高級品でも、重い鰐革のハンドバッグはほしくなくなっていたのである。ありがたいことに最近は、軽い布カバンがはやっているので、私はけっこう流行に便乗できる。かつては、ハンドバッグの大きいのは「おばさん」の証拠と言われたのである。しかしいつのまにか大きなハンドバッグは「おねえさん」

の流行になっていた。

或る日、私は渋谷駅から我が家の近くの駅まで電車に乗って、年齢とハンドバッグの大きさとの関係のみを調査することにした。我ながら閑人と思われるのはこういう時である。するとむしろ「おばさん」世代のほうが、革の小ぶりのハンドバッグを持っていることを発見したのである。

人は個々人の弱点から老化する。私とほぼ同い年でボケてしまった女性は、お財布の中身、つまりお金の価値と、出歩くのに必要な金額とを連動して考えられなくなっている。百円に満たない小銭だけを持って外出し、帰りにはタクシーに乗ろうとするので、それに気がついた友だちがとっさにお金を渡して事なきを得たのだが、入居中の老人ホームの玄関に着いて、ほとんど無銭乗車をされてしまうことに気がつく運転手さんも気の毒である。

高齢一般は、トイレに行くにも、顔を洗うにも、その動作のすべてが「何でもない」とは言えなくなってくる。お風呂に入ることも危険になる。ことに旅に出て、普段使い馴れない浴室を使う時には細心の注意が要る。私のように途上国の汚いホテルに泊まり、薄暗い上に、不備極まりない、装置の故障だらけの浴室を使わなければならない者にとっては、浴室は危険だらけの場所である。床が滑る。浴槽の高さが、自宅の風呂と比べて高すぎる。突然熱湯が吹き出る。

変なところに（使用者から見れば不必要な）段差がある。そうしたことを事前に見極めれば、かなり用心深くはなるが、こうした配慮が要るということが年を取ることの煩わしさというものだ。つまり老年には、次々に欠落する機能を、別のもので補完するという操作が必要になってくるのである。だからほんとうはアタマがボケても仕方がないなどと言ってはいられない時期なのだ。

老年はすべて私たち人間の浅はかな予定を裏切る。時間ができたら、ゆっくり本を読もうとすれば、視力に支障が出る人も多い。老年になって山歩きをしたい人など、内臓が健康でも、膝に故障が出れば、それも叶わないだろう。一番おかしいのは、ゆっくり趣味を楽しみたいと思う時に、定年退職した夫がいることが最大の予想違いだ、という人も多いことだ。夫が全く家事に無能で、自分でカップヌードルにお湯を注ぐこともできない人だから、と言う。

一方で、「今ご主人のいる人はほんとうに大変だと思うわ。私は一人だから実に楽」とクラス会で言い切っているメリー・ウィドウもいるのだから、人生はとうてい計算できない。ただ私は、老年に肉体が衰えることは、非常に大切な経過だと思っている。

私の会った多くの人は、努力の結果でもあるが、社会でそれなりに自分が必要とされている地位を築いた人たちである。それらの人々の多くは、どちらかと言うと健康で明るい性格で、人生で日の差す場所ばかりを歩いて来た人だった。

しかしそんな人が、もし一度に、健康も、社会的地位も、名声も、収入も、尊敬も、行動の自由も、他人から受ける羨望もすべて取り上げられてしまったらどうなるのだろう。そして一切行き先の見えない死というものの彼方にただちに追いやられることになったら、その無念さは筆舌に尽くしがたいだろう。

しかし人間の一日には朝もあれば、必ず夜もある。その間に黄昏のもの悲しい時間もある。かつては人ごとだと思っていた病気、お金の不自由、人がちやほやしてくれなくなる現実などを知らないで死んでしまえば、それは多分偏頗《へんぱ》な人生のまま終わることなのだ。

一人の人の生涯が成功だったかどうかということは、私の場合、あらゆることを体験して死ねるかどうかということと同義語に近い。もっとも、異常な死は体験したくない。しかし尋常な最期はそれを受け入れるべきだろう。

愛されることもすばらしいが、失恋も大切だ。お金がたくさんあることも、けちをしなければならないという必然性も、共に人間的なことである。子供には頼られることも嫌われることも、共に感情の貴重な体験だ。

『人生の第四楽章としての死』

「……である前に、まず人間である」こと

私たちが、教師であったり、技師であったり、商人であったり、政治家だったり、小説書きだったりすることは、あくまでそうなる要素（才能をも含めて）を、暫定的にリース、つまり貸し与えられただけだと感じている。

だから人生のある時期から、その状態が取り上げられて、商社マンが画《え》かきになったり、銀行員がラーメン屋さんを始めたり、小説書きが新幹線の清掃係になったりしたとしても、別にどうということはない。

本来、人間はただ、人間であるだけで、総理大臣も、サラリーマンも、商店主も、芸術家も、すべて、仮の姿に過ぎない。どんな役者も体がマヒすればもう舞台には立てない。視力を失えばタクシーの運転手さんはその日からできないのである。

役者でなければ、大学教授でなければ、自分ではない、と思っているような人は、その職を失ったが最後、その人の人格と尊厳まで崩壊することになる。しかし若い時から、そのからくりに気づいていさえすれば、どんな新しい職業についても（それによって社会に役立ち、家族を支えている限り）胸を張ることができる。

「……である前に、まず人間である」などという言葉は、中年になると、いささか恥ずかしくて、口にできにくくなるが、これを忘れると足許《あしもと》が揺らいでくる。今年一年間に、たとえどんな変化があってもその人はその人である。私はいつでもおもしろがって、小説家でない自分の再出発を祝福できると思う。

『伊勢新聞』1978・1・10

自分自身の時間を楽しむ秘策

人間死ぬ日まで体を動かして、自立した暮らしを楽しむのは、最高の幸福だと私も思う。そのために、うまくいくかどうかわからない秘策を、私なりに練ってもいるつもりである。

しかしいつか定年がくるということはわかっていることなのだ。若い時、散々会社の厳しい仕事に組み込まれて、夜遅く疲れ切って我が家に帰る時、サラリーマンたちは「ああ、もうこんな生活はいやだ。自分で自分の時間の使い方を決めたい」と思ったことがあるに相違ない。その夢にまで見た日が定年という形でやってくるのだ。

人間は突然違った状態に追い込まれると、呆然として何をしたらいいかわからなくなる。私も構造の悪い古い家に住んでいた頃、洩れていたプロパンガスに火がついて三メートルも火柱が立った時、一瞬、何をしていいか全くわからなかった。すぐ手を伸ばせば届く所に洗濯機があり、その中にどっぷり濡れたバスタオルがあるのに、それを投げることさえ考えつかなかったのである。

しかし定年は突発的にやってくるものではない。地震とか、今まで聞いたこともなかった毒物を撒かれたとか、隕石が落ちた、というようなことではない。死と定年は必ずやってくるものだ。だからそれで生活が破壊されると思うのは、つまり当人の準備が悪いのである。

私は絵の才能がないので、羨ましいと思って雑誌の特集を眺めていただけなのだが、石に顔を描くことを趣味にしている人の話を読んだことがある。小石はその辺で拾ってくるのだ。石の自然の形で、描く人の顔も表情も違ってくる。絵の具代などたいしたことはなかろう。恰好の違った石を捜して歩く、ということがまた無限の楽しみになる。

定年以後まで、会社に自分の働く仕事を設定してもらおうなんて、逆に惨めな限りだろう。人生の最後に、せめて人間は自分自身の時間の使い方の主人になるのが自然だ。

私の知人は、定年後、いろいろなことをして遊んでいるが、時間を決めてどこかへ行かねばならない、ということだけはしないのだという。音楽会もごめん。パーティーもまあご遠慮しておこう。その代わりいつ行っても自由に遊べる、ということだけにしている。

そう言われるといくらでもある。街をぶらつくこと。展覧会で絵を見ること。垣根の刈り込み。川の源流を探索すること。料理。習字。木彫。陶芸。いずれも今日しなくても明日できる。しかも極めると奥が深い。

長い年月時間に縛られて暮らしてきた生活に存分に「復讐」して死ぬのはなかなか乙なものだ。しかもこの復讐は陰湿ではなく、笑いがあることがすばらしい。


『至福の境地』

老年は、私だけの日々を生きること

私は万事人並みに暮らしてきた。健康に関しても、内臓の病気がないだけ幸運だったと言えるが、そのためには、薬を飲まず、毎日毎食、必ずうちで料理をして家族にも食べさせることを何十年もやってきた。料理は、創作と同じで、私はかなり好きだったのである。

それでも夫も私も、八十歳を超え、九十歳に近づくと、決して健康に問題がないわけではなくなった。私は膠原病の一種のシェーグレン症候群で、数日おきに微熱が出て、だるくて動けなくなる。それでも、私は旅行に出るし、できるだけしたいことをして、病気と付き合わないようにしている。

もういつ死んでもいいという感覚には、すばらしい解放感があった。冒険に出たかった青春が再び戻ってきたようだ。しかし青春と違うのは、私が常に終焉の近いのを感じつつ生きていることだ。それゆえに、今日の生はもっと透明に輝いてもいる。

老年には、私だけの日々を生きることが許される。

青春時代も壮年期も、私たちはいい意味でも悪い意味でも、固く家族や、時には職場に結ばれていた。しかし今や私は、私だけの時間を手にしている。下手な詩を書く時間、毎日夕日を眺める時間、自分と孤独な友人のために簡単な夕食を用意する時間、そして「私はあなたが好きでした」と友に言いに行く時間さえある。

老年は自分で毎日をデザインできる。

『老いの冒険』まえがき

その日になすべきことの優先順位をつける

年をとるにつれ、効率が悪くなり、あれもこれもやってのけることができなくなっていくなかで大切なのが、自分で、なすべきことの優先順位をつけること。

私は日頃から、その日になすべきことの優先順位をつけて暮らすことにしています。今の自分にとって何が大事か、何ができるかを決めるのは自分自身なのです。また、やることが五つあるとしたら、二つもできれば上出来。ほどほどで満足することも重要ですね。

「老人も働くべき」というのが、私の持論です。若い頃と同じだけ働けというのではなく、できることをできる範囲で続けることが大事だと思うからです。

今、週末にわが家で家事の手伝いをしてくださる女性は八十七歳。伊東（静岡県）から楽しげに通ってきます。上には上がいて、夫（三浦朱門さん）の友人のところでは、九十二歳の方が働いていらっしゃるんですよ。

老いても、その人の能力と体力に応じて、半日だけ、または週に二日とか三日とか決めて働ける社会環境が早く整ってほしいものですね。

そのことが、老年期の生きがいや目標にもつながり、健康維持にも役立つような気がします。

年齢に甘えることなく、最期の日まで、働くことと学ぶことを続けられたら最高ですね。

『清流』２０１１・６

自分で持てない荷物を持たない

外出や旅行をする時に、年寄りは荷物を持ってはいけない。同行者がいなければ自分が疲労し、同行者がいれば見るに見かねて「お持ちしましょう」と言わねばならなくなるからである。中には、それを半ば当てにして荷物を持つ年寄りまでいる。

老人だからというので、旅先で買い物一つしてはいけない、というのはいたわりがない、差別だと怒る人がいるが、そうではない。

私はまだ老人という分類を受けるには早い年頃から、まず荷物を持てなくなった。それに加えて六十四歳と七十四歳の時、それぞれ左右の足首を骨折した。人間の老化はその人の個性によって出る。歩く速度から遅くなる人もいるし、歯が真っ先にだめになる人もいる。私は足も速く、歯も丈夫だったが、早々と荷物が持てなくなったのである。

若い時は、私も旅先でよく買い物をした。今でも覚えている一番強欲な買い物は、北陸で寒ぶりを一本買っておろしてもらい、四十切れほどになったのを東京まで持ってきたことである。それほど私は食いしん坊だったのである。

しかし私は次第に、ハンドバッグまで軽いものを持とうとするようになった。ぶりを一本買って帰るなど、夢のまた夢である。もっとも最近では、宅急便とかクール便とかいうものがあるから、ぶりが欲しければ、クール便で送ってもらえばいい。つまり自分ができないことは、自分で費用を払って（人の好意に頼るのではなく）自分の希望を達成するという手だては残されている。しかし世間で不評なのは、お金を出さず、「何となく」ただでしてくれる人を当てにするという老年の卑しさなのである。

年寄りでなくとも、障害者でなくとも、誰でも自分が荷物を持てなくなったらあきらめるのだ。


『旅は私の人生』

成熟した大人になる方法

定年後、自分のしたいことを見つけていない人も、老人なのについに成熟しなかった一人だと言っていいだろう。自分の生活（掃除、炊事、洗濯など）さえ自分でできない人も、自分の生きる場がないように思えて空しく感じているだろう。若いエリートでさえ、自分が今いる場所に、果たして自分がほんとうに必要なのだろうか、と疑っている人がいるだろう。自分を首にしても明日から代わりがあると思うと、自分の尊厳に自信が持てなくなるからである。

しかし自尊心が強くて、いつも威張って不遜で、まだ自分は尊敬され足りないということで常に不幸な人というのがいることを、私は今回書きたかったのである。

それはお豆腐屋のおばあさんと、心理的に対極的な場にいる人だ。お豆腐屋のおばあさんはすでに確固として町の英雄なのだ。その人がいないと困ると思っている人が確実に数十人いる。しかし威張って、不遜で、自己中心的で、評判を恐れ、称賛を常に求め、しかも現実の行動としては他罰的な人というのは、世間の人が率先してお辞儀をする名門だという評判があろうと、学歴がよかろうと、出世街道をまっしぐらに走っていようと、すでに地位や財産を築いているように見えようと、実は不安の塊なのである。

自分の生涯の生き方の結果を、正当に評価できるのは、私流に言うと神か仏しかいない。だから他者に評価や称賛を求めるのは、全く見当違いなのだ。ばかにされることを恐れることほど、愚かなことはない。

もし私がほんとうにばかなら、ばかにされるという結果は正当なものだし、他人が不当に私をばかにしたら、もしかすると別の人が、私をばかにした人をばかだと思うかもしれないのだ。

だからそんなくだらない計算にかかずらわることはない。

そういう人生の雑音には超然として楽しい日を送り、日々が謙虚に満たされていて、自然にいい笑顔がこぼれるような暮らしをすることが成熟した大人の暮らしというものだ。町の英雄は、決して他人の出世や評判を羨んだり気にしたりしないのである。

『人間にとって成熟とは何か』

人は負け戦《いくさ》を生きる

それはその時期を過ぎると、人間は一日一日弱り、病気がちになるという、絶対の運命を持っているからです。それは負け戦《いくさ》にも似ておりますね。どのような人も例外なく揃《そろ》ってこの負け戦に組みこまれねばなりません。癒《なお》りにくくなる病気、機能の退化、親しい者との死別、社会で不要な存在と思われる運命も待っていると思わねばなりません。

このような状況に耐えられなくなるからでしょう。老人の自殺も実に多いのだそうです。

神父さま、このような時期に私たちはどう思って生きたらいいのでしょう。長く生きることが決して幸せではないのだ、と思いそうになりますが、私はいつもすぐに、望んでも長く生きられなかった方々の手前、そのような身勝手は許されない、という気になります。

ただ唯一《ゆいいつ》のおもしろさは、負け戦と決まっているものなら、ちょっと気楽という点です。

まずく行っても、まあまあ当たり前、万が一、幸運とまわりの方たちのおかげで、晩年がおもしろく、さわやかに、悲しみにも愛にも自制にも満ち満ちているものになり得たら、これは本当に人生最後の芸術を創り上げることになりますから。

『別れの日まで』

時間は漂白剤

時間は、終生、私にとって偉大なものであった。時間は、私の中の荒々しい醜さの、常に漂白剤でもあり、研磨剤でもあり、溶解剤でもあり、希釈剤でもあった。時間は光でもあった。まだ日の出前に字を読もうとすると暗くて見えないことがある。フェルメールの絵の人物が常に窓際にいるのは、電気のない時代の人たちは、現実問題としていつも窓際でしか充分な光度の中で手紙も読めず、針仕事もできず、子供もあやせなかった。光は時間と共に射すこともあり、同時にまた時間と共に消え失せる場合も多いのだが、その変化が人間に多くのものを語り、教えるのである。

『人生の原則』

終生現役でいる方法

元気な老人から元気を奪いたかったら、何もさせないことだ。人は他人のために役に立っていると思えば、年齢に関係なく終生現役でいられる。

たとえいささかの病気を持っていても元気なのである。自分は不要と思うその日から人は落ち込む。

そのために、「老人は遊んで暮らす」というのは間違った思想であることを、認識させなければならないだろう。

ただ若い時と違って、老人は体力もなくなるから、毎日は続かないかもしれない。ただし収入は若い時ほどなくても、才覚でカバーできる面もあり、子供も成人しているから大きなお金の使い途も大体終わっている。

だから収入の多寡はそれほど問題にしなくてもいいはずだ。

ただ自分のささやかな楽しみのための費用くらいは収入としてあると、行動が楽になって、心がのびやかになる、というのが普通の人たちの心境だろう。

『自分の財産』

つねに「退路」を考える

昔私は、イタリアのカプリ島で短時間の集中豪雨に遭った。私たち夫婦と一人の矍鑠《かくしゃく》とした英国人の老紳士だけが英語を話すグループで、私は雨宿りをしながらその人と世間話をしたが、その異常な観察眼を無気味に思うようになった。私はその人が昔はスパイだったのではないかと感じ、「この人は間諜だったのかもしれない」と夫に話した。スパイと言えば彼にわかってしまうのを恐れたのである。

ようやっと雨が上がって、私たちは最後のフェリーがナポリへ向かう時間に合わせて島の道をくだったのだが、その時この紳士が「その道はだめだ。途中で冠水していて通れないはずだから、回り道をしなければならない」と注意してくれた。彼はまだ雨が小降りだった時に、すでに豪雨が来た時の「退路」を考えながら歩いていたのである。
ナポリまでの短い船旅の中で、この人は私に自分の過去を手短に話してくれた。私の予想に近く、彼はまだ若い時、アラビアの砂漠を軍命でオアシスの調査に歩いた。途中のオアシスでもしかするとイギリス人かと思われる異様な放牧民に会ったが、お互いに名は名乗らなかった。その時、相手の手を見たが、その荒れ方が完全に遊牧民の生活をしている人だと思えたので、彼は黙っていたのである。後でそれがアラビアのローレンスであったことがわかった。ローレンスの報告書の中に、この人のことが記録されていたからである。この人は、戦後はヨークシャーでハムの製造業をしていたが、私の疑念通り一種の諜報活動をしていたのである。観光地でも退路を考えながら歩いていたのは、その時の癖なのだろう。以後この初老の英国人の精神の姿勢は、私の一つの目標となった。

『風通しのいい生き方』

老人といえども、甘えてはいけない

私は老人にきつく冷たいと言われたことがある。老人といえども、甘えてはいけない。できる範囲の中で働かなくてはいけない、と書いたことがあるからなのだ。老人はいたわられることが好きなものだが、それだけは心して避けなければならないのである。もちろん状態によっては、いたわられるほかはないことにもなるかもしれないけれど、動物としては最期まで自分で餌を取る義務があるのだ。それができなければ、ライオンでも餓死をする。

もちろん人間社会はもっと温かいいたわりがある。家族に病人や体の不自由な人がいれば、食べたいものを用意し、体が苦しくないように皆で考える。しかし病人といえども、一人の人間なのだから、するべきことをしなければならない。

『私日記8　人生はすべてを使いきる』

それまでと違った人生を計画する

人はどんなに健康でも、一定の年になったら後進に席と道を譲るのが自然だ。自分がいてこそ、この組織が動くのだ、などと考えるのは、それこそ頭が老化した証拠なのである。

誰がいなくても、世界は動いていく。指導者が変わることで戸惑う面もあるかもしれないが、後進にむずかしい実務を譲ることで、後進の違った才能が伸びることも大いにあり得ることなのだ。

これからますます大勢の健康な高齢者が、定年後の長い年月を送ることになる。しかしその時こそ、それまでとは違った人生を自ら計画し直すべきだ。

まだ現役である場合はなおさら、リタイヤ後の仕事でも、判断力が信じられなくなったり、療養期間が長引くような場合には、家族が心得て辞職届を出すべきだろう。というより、むしろそれを当然とする良識を会社で育てなければならない。

『働きたくない者は、食べてはならない』

組織を深く愛さない

もちろん会社が嫌いでは、働き続けることはできないでしょう。しかし、会社や組織は深く愛さないほうがいい。愛し始めると、人はものが見えなくなります。執着して悪女の深情けになる。私の実感では、愛しすぎると、余計な人事に口を出したり、辞めた後も影響力を持ちたがったり、人に迷惑をかけるようなことをしがちです。

会社を愛していないと、こんなはずじゃなかったと思うこともありません。リストラされても、絶望しないでしょう。嫌な組織にしがみつくこともない。そもそも、あらゆる瞬間に、今の生き方以外に「逃げ道」だか「退路」だかを考えておかないというほうが、私は間違っているような気がします。

『日本財団9年半の日々』

死ぬ日まで自分で自分を生かす

人間は死ぬ日まで、使える部分を使って、自分を自分で生かすのが当然だ。

車椅子になっても茶碗は洗える。

歩ければ、軽いものなら他人の分まで買い物をしてあげられる。

耳は遠くなっても料理はでき、視力をなくしても洗濯はできる。

食べること、排泄すること、着替えなどの身の回りに必要なことを、何とか自分なりに工夫してこそ人間だ。


『不幸は人生の財産』

生きている限り、自分で判断する

老人が心を引き締めて生きなければならない時代でもある。社会が面倒を見てくれるだろうと期待する時代は去った。

老人は、今後、できるだけ長く自活のために働く決意をしなければならない。今のように七十を過ぎたら、遊んで暮らすのが当然というような気持ちでは、社会が成り立たないであろう。

わが家に現在、フルタイムやパートで働きに来てくれている人たちは、五十代一人、六十代二人、七十代一人、ついこの間までは九十二歳が一人いた。

私は人が働くことを少しも気の毒だと思っていない。

自発的に働きたいという人は、何歳まででも働いてもらうのがいいと感じ、雇用の促進にも一役買うつもりでいる。それが認知症を防ぐ実に有効な方法でもあるからだ。人間にとって、耐えられる程度の緊張は、健康にいい。

八十五歳の私は、まだ月に二百枚程度は書き、その間の片手間に、家事も夫の介護もする。つまり手早く手抜き料理を作り、いいかげんに夫の面倒も見ている、ということだ。

外界とふれなくなれば精神が偏るか硬化するに違いないから、月に何度かは行きたくなくても外出する。さすがに体力は衰えて来ているから、夜はくたくたになって寝るが、この肉体労働者並みの疲労は、深い眠りを贈ってくれる。


『人生の醍醐味』

六十歳を機に、知人が始めたこと

私の知人に、六十歳を機に、家中のいたるところ十ヶ所ほど、鏡をおいたという人がいる。それくらいの年になると、もう年だから外見はどうでもいいや、という気になる。その気の緩みが、古めかしい服を着て、背中を曲げ、髪がぼさぼさでもいたし方ない、という結果を招く。

しかしそれくらいの年からこそ、人間は慎ましく努力して人間であり続けなければならない。そのためには差し当たり、姿勢を正し、髪も整え、厚化粧は避けても、品のいい生き生きした老人でいなければならない、と思ったからこそ、その人は鏡を十枚もおいたのだろう。

『言い残された言葉』

老年の仕事は孤独に耐えること

他人に話し相手をしてもらったり、どこかへ連れて行ってもらったりすることで、孤独を解決しようとする人がいます。しかしそれは、根本的な解決にならない。根本は、あくまでも自分で自分を救済するしかないと思います。

孤独は決して人によって、本質的に慰められるものではありません。確かに友人や家族は心をかなりにぎやかにしてはくれますが、ほんとうの孤独というものは、友にも親にも配偶者にも救ってもらえない。人間は、別離でも病気でも死でも、一人で耐えるほかないのです。

人間は群棲する動物なのでしょうけれど、孤独にならざるを得ない場合があります。動物のドキュメンタリーを見ていても「群れを離れた」という場面はよく出てきます。そういうこともあり得るのだと覚悟をしなければならない。

いっそのこと、「老年は孤独で普通」と思ったらどうでしょう。そして、皆が孤独なのだから、「自分は一人ではないのだ」と考える。

結局のところ、人間は一人で生まれてきて、一人で死ぬ。家族がいても、生まれてくる時も死ぬ時も同じ一人旅です。赤ん坊はよく泣きますね。記憶はありませんが、すごく辛いのだと思います。おむつが汚れたり、お腹が空いたりしても、口が利けないのですから、辛くてたまらないでしょう。それを経て皆、大きくなる。人間の過程の一つとして、老年は孤独と徹底して付き合って死ぬことになっているのだ、と考えたほうがいいのではないか。私はそう思います。

一口で言えば、老年の仕事は孤独に耐えること。そして、孤独だけがもたらす時間の中で自分を発見する。自分はどういう人間で、どういうふうに生きて、それにどういう意味があったのか。それを発見して死ぬのが人生の目的のような気もします。

『老いの才覚』

第二章

六十歳からの人付き合いは、無理をしない

年賀状を書くのをやめる

私は六十歳で年賀状を書くのをやめた。ただでさえ年末は、締め切りが繰り上がり、寝る時間も減らさなければならなくなる。若い時には耐えられた状況も、年を取ると次第に辛くなる。それが原因で病気になったら、家族も大変、治療には税金を使うようになる。無理をすることは、逆に無礼なのである。

『老いの僥倖』

いつも自然体で生きる

私は頭脳でも体力でも、自分は能力的に劣っていることだらけだ、と感じて生きてきた。

訓練のおかげで、日本語の表現力だけは全く不自由を感じなかったが、理数科の点は悪いし、語学の才能もとくにあるわけではなかった。

私がそれらの引け目をどうにか補ってこられたのは、「これっぽっちしか（才能や体力が）ない」と思わずに、「これだけあれば、ありがたいことだ」と常に自分に甘かったからである。

私はいつも自然体で生きてきた。隠しもせず、自分をあまり売り込みもしなかった、と思う。それが一番楽だったからだ。

幸いなことに夫も私も共に、出世欲や、権力志向がほとんどなかった。私は嫌われたこともたくさんあるが、私と付き合ってやろうと言ってくださる方には、深い感謝をし続けた。
こんな性格の悪い人間と付き合ってくださるなんて、どういう優しい方なのだろう、と心の底から思っていたのだ。

『生身の人間』

悪いほうへ考えてみる

人間には、悲観する、つまり悪いほうへと考える能力が必要です。綺麗な湖、美しい入り江を眺めながらでも、彼方に見える火山が噴火するかもしれない、津波が来たらどこまで水位が上がるだろうか、いつでもそう想像してみることです。

昔のカトリックが行っていたラテン語のミサでは「メアクルパ（おお、我が罪よ）」と小さく呟きながら自分の胸を三回叩く、という数秒間がありました。その時、皆何を考えているんでしょうか、私にはわかりませんが、多分皆たいした悪いことはしていないんですよ。「今日は年老いた母とケンカしてしまった、もう少し優しくしようと思っていたのについ厳しくなってしまった、庭の花をだめにしたぐらいで怒らなくてもよかった」。何でもいいのですが、そうやって自分の小さな罪を告白し反省することは人間にとって自分に向き合ういい機会です。

日本と違って、アフリカでは車のパンク、旅の途中の追い剥ぎ、荷物の不着、泊まるはずの宿に部屋の予約をしてあってもその約束が守られないことなど珍しくもありません。ですから私は、いつも相手を信用しないであらゆる悪い事態を予測する癖がついているんです。でもたいていそんな悪い人ばかりじゃありませんからね。ことが順調に運ぶと私はいつも心の中で自分の非を詫びています。そして幸運を感謝するんです。

人が生きていく中では、時には本当に悪い日に遭うこともあれば、思いもかけなかった幸運を与えられて、大いに喜ぶこともあるものです。そのぐらいの、いいかげんさをもって生きたほうが楽なんです。

老人が最後にできる人間らしさ

私は、死ぬ日まで老人としてお役に立てる健康を望んでいるし、それが可能になる社会をつくってほしいと願っている。

いくつになっても人生を能動態でとらえて、他人のために最後の働きをさせていただくことを光栄と思いたい。

そして、私と似た考えの人が少数でもいるなら、そのような考え方の好みも、また生かしていただきたい。実際に、老人は働かせない、という形で元気な老年に意地悪をしているところもあるのですから、適当に働いていただいて、国力になってもらう。

病気になったら、ちゃんと介護する。つまり、健康な者はみんな働くのです。

人間は生きている限り、自分の持っている財力か体力かを使って、他の人に与え続ける。

たとえ寝たきりになったとしても、喜びは与えられる。介護してくれている人に感謝の気持ちを伝えれば、相手はすごく喜ぶ。

それは、人の役に立たなくなった老人の最後にできる人間らしさ、一つの成熟の形だと思います。

年を取れば嘘をつかなくてはいけない

耐えるということは、一種の嘘をつくことだ。辛くてもそういう表情をしないことだから、そこにいささかの内面の葛藤は要る。他人が不愉快になるだろうから、できるだけ明るい顔をするということは本来一種の義務なのだが、そんな嘘はつかなくていいと言う人もいる。またそうしたいと思ってもできない状況はあるのだが、私は改めて子供には日常性を失わないで済むだけの嘘をつく（耐える）気力を教え、大人や高齢者にはどんなに辛くとも周囲に対して我慢と礼儀を尽くせ、という教育をしなおしたほうがいいと思うようになった。

子供は正直がいい、という。もちろんくだらない嘘はつかないことだ。しかし少し大きくなったら、自分を表現することに関しては、少々の嘘くらいつけて、明るい顔ができなくては困るのである。

まだぼけないうちに、高齢者には高齢を生きる技術として、他者の存在に深く配慮できる人であり続けるような老人学も教えたほうがいいだろう。

人の都合を推測する

老齢になれば、自分の面倒をみるだけでやっとという状態になるのは私にもよくわかるが、先日も老齢の典型のような投書を読んだ。その人はぼけ防止に、音読とか塗り絵ではなく字を書くのがいいので、毎日知人にせっせと葉書を書いて送っているという。

老後は寂しいのだから、どんな便りでもほしい人はいるかもしれない。

しかし自分の趣味のために何日かおきに葉書を送られたら、返事を書かねばならないとか、つまらない老いの繰り言を読まされるのは迷惑だとか思う人もいるかもしれない。それを推測できないのが老化の表れなのだ。

『自分の財産』

他人の死を深く悲しまない

友だちがあちこちで死ぬようになったら、私は深く悲しまないことにしようと、今から心に決めている。もちろんこちらが先かもしれないのだから、むしろ心配はこっけいでもある。

ただもしこちらが後に残ってしまったら、友については、あまり語らず、ただ自分の思い出の中だけにその人のことを留めておくことにするだろう。反対の場合も、私は同じことを相手に望むからである。

『近ごろ好きな言葉』

もし家族の介護をすることになれば

現代の人は、煩わしさを避ける。耐える訓練を受けていないのは、ヴァーチャル・リアリティーだけで育ったからだ。ロボット犬やたまごっちは、画面以外の実生活で臭気を立てるウンコもせず、イヤになったらいつでも電池を切って押し入れに放り込めばいい。「子供がうるさいから殺した」という母親も、このような心理なのだろう。

熟年夫婦もその一種の変形かもしれない。今さら年々体が不自由になり、ものぐさになっていく老夫の面倒など見たくないのである。もちろん誰でも実際に介護に携われば、うんざりすることもある。私たち夫婦は私の母、夫の両親の三人といっしょに住み、三人ともその最期を家で看取ったのだから、その間に醜い利己主義が心に湧き上がる悪魔の瞬間も知っている。

しかしそれとは別に、夫と周囲の人々の優しさとお金と、あらゆる可能な手段を動員して、私たちは老世代を捨てようと思ったことだけはなかった。私たちはいい意味でも悪い意味でも、平凡に人間的に家族と添い遂げた。

今、夫と私が心がけていることは、会話と緊張である。

病気になる時は仕方がないのだが、とにかく自分を甘やかさずに、掃除、洗濯、炊事、それに付随した営みが一応できる人間を維持し、いつ一人になってもいいように心を鍛えながら生きようという決意である。

『生きる姿勢』

高齢者は葬式にも結婚式にも出席しないほうがいい

死んだのは他人だということになると、私たちは社会的な礼儀を保ちつつ、ほとんどの場合は、儀礼的な礼を尽くす範囲で終わる。

もちろん、死者と自分との関係、あるいは死者の年齢によって、受ける感情の強弱はあるだろう。人間は平等でなければいけないなどと言うが、やはり若い人が死ねばその痛ましさは強くなるし、結構な歳まで生きた人が臨終を迎えれば、

「あの人もまあまあいい人生を送ったじゃない」

と言える心境になる。

他人の場合なら起きたことは軽く思え、自分が死なねばならないということになると我を失うほどになるというのは、自然とはいえ、私にはそこにいささ

かの幼児性が感じられると言うほかはない。つまり、できれば死は他人の場合も自分の場合も、淡々と「この世から去るべき時が来た」と思うに留めたいのである。

お葬式に人を集めたがる家がよくある。大勢の人が集まるほど、死者は社会の仕組みの中で重い存在であったということになるのだろうが、高齢者の死はほとんどの場合、葬儀に出席する人もいない。同級生も多くが死に絶え、生きていたとしても葬式に出て来るだけの体力や健康を失っていることがほとんどである。

私は昔から高齢者は結婚式にも葬式にも出席しないのがいいと思っていたのだが、それは毎日のルーティーン以上のことをすると、年寄りの健康にはひどく差し障るからである。

一度、私は世にも残酷な話を聞いた。二月中の寒さが身にこたえる日だったと思う。私とほぼ同年の知人の女性がひどい風邪をひいているのに、これから出かけなければならないというところに会ったのである。

「どこへ行くの?」

と聞くと、

「お通夜があるのよ。亡くなった方を直接には知らないんだけど、奥さんとお稽古事で知り合っていたの。それで奥さんから電話がかかってきて、ほんとうにちょっとでもいいからお顔を出していただけませんか、と言われたから仕方がないでしょう」

私は情の薄い言動をすることが平気だから、「怒られても行かなければいいのに」と言ったのだが、心の中では、そんな人とは今後、友情が続くわけはないとも思っていたのである。

もしほんとうの友情があるなら、人は相手やその家族の健康、平穏、安全、幸福をこそ望むのであって、相手を自分の家の社会的な評判や名誉を確保するための宣伝材料として使うはずはないと思えてくるのである。

そしておもしろいことに、死者はすでに人が集まろうと集まらなかろうと、どうでもいい彼方にいるのである。


『納得して死ぬという人間の務めについて』

年を取ると、人間関係も移り変わる

捨てるものには、いろいろなジャンルの物があるだろう。

年を取ると、人間関係さえも捨てなければならない時がある。その日に、その人に会えない事情が発生したというような物理的な事情のある場合も多いが、自分にもう少し体力があって、その事情を相手に説明できれば何とかして運命が急激にねじれるのを防げたのに、私の気力が尽きて、放置したのだ、と思うこともある。それをきっかけに私は何となく、その人と疎遠になってしまったのだ。悲しかったが、私は深くは悔やまなかった。そういうこともあるだろう、という思いだった。もしこういうような運命の部分がなければ、人間はすべての未来を確実に自分の手で支配できるかのように感じて、思い上がるだろう。

『毎日が発見』２０１７・８

老年になったら黙っていてはいけない

老年になったら黙っていてはいけない、などということを言う人は少ない。食事やお茶の時、黙りこくるという姿勢も老化なのだ。

もちろん人は黙っていたい時もある。その時は、しかし意志の力で会話をする義務がある、と私は教わった。

自分が喋る力がなかったら、相手の出番のありそうな話題を見つけて、質問をして、相手に喋ってもらうといい。もちろん相手がぼけていて、同じことを言うとか、喋りすぎる、とかいうこともあるのだが……人間は、社会の中で生きるのが自然だから、食事やお茶の時には、会話をしなければならないのだ。

何歳からでもいいが、老年の生き方の第一の目的は、今のところ私の場合は、どれだけ周囲のご厄介にならないで済むか、ということだけだ。

これは真剣になっていいほどの「小さな個人の大事業」だと思う。

『婦人公論』2014・3・15増刊号

「見舞い」は大事な人生の仕事

昔はほとんど意にも留めなかったことの一つに、見舞い、というものがある、と最近しきりに感じるようになった。

昔は、行ければ行く。義理で行く。

どちらかの感じであった。

しかし今はそうは思わない。

見舞いというものは、かなり大事な人生の仕事ではないかと思う。相手が病気で、自分が今は健康だとしたら、それは偶然なのである。人生は公平ではないのだ。

人生の公平を願っても、おそらく未来永劫そうはならないだろう。

しかし不公平としたら、自分の手で、それを均《なら》すようにするのもいい。

もし病人が退屈しているなら、そして社会から脱落し、忘れ去られはしないか恐れているなら、最低限、そうではない、ということを示すために訪ねるのは、実に人間的な仕事である。

『至福の境地』

人付き合いの範囲を縮める

もともと友人はそれなりにいるが、私の交際範囲は昔から決まっていた。善悪ではなくて、私の性格が偏っているから、付き合える人と、それがむずかしい人とがはっきりしている。

だからこれはたいした「整理」ではない。ただ親しい人との付き合いも、時々義理は欠くことにした。お礼状など律儀に書く体力がなくなってきたのである。

その代わり機会があったら、長年会わなかった人ともそれとなく会って、現世でお世話になった感謝をしておきたい。とは言っても改まってそんなことを口にしたら、みんな挨拶に困るだろうから、それとなくがいい。

とまあそんな暮らし方になった。

年を取って頑張りすぎるのも醜いし、怠けすぎるのも困る。頑張りすぎるのは端から見ていても辛いし、怠けすぎるとすぐ自分自身の身の回りのことさえできなくなって、人困らせの状態になるから、この辺の調節がむずかしい。

自分が卑怯者だと知る

もちろん私たちの誰もが死ぬのは恐い。

しかしどちらを恐れるか、といったら、体を殺す相手ではなく、私の魂をめちゃくちゃにされることだと、聖書ははっきりと言いきる。

人間が弱いことを自認する時、人間は立派にはならないがおのずからそこに、人間的な悲しみは漂う。

だから私は、自分が卑怯者だという登録をすることで、せめてもの免罪符を得ようとする。

しかし当世の流行は、声高に正義を叫び、そうでない人を告発するという形によって、自分の正義を示そうとする。

これも、卑怯な人間の一つの典型である。

魂の生を全うするか、心を売って肉体を生き延びさせるか、二つに一つしか叶わない状況の時にどちらを選ぶかを、私たちは時々、心の中で覚悟しておくのがほんとうなのであろう。

『愛と許しを知る人びと』

知的に見せようとするのは弱さ

いつも明るく、楽しそうにしている人は、周囲から少々軽く見られがちです。でも、そういう人が何も考えていないわけではありません。いろいろ深く考え、悩むことがあるからこそ、逆に必死になって楽しく生きようとしている場合もあるのです。

気難しい顔をして悩んだり、考え事をしたり、社会に怒りをぶつけたりする人は、一見知的に見えると誤解されている嫌いがありますが、そんなポーズをとること自体が弱さでもあるのです。

何があっても、どんな苦境に立たされていても、一生懸命、楽しく生きようとしている人たちに出会うと、私は心を打たれます。

『幸せは弱さにある』

人は皆、人生の達人になる

皆、自分や配偶者が病気をする年になった。
しかし同時に人生の達人にもなっている。
皮肉なものだが、深く喜ぶべきことだろう。

『私日記6　食べても食べても減らない菜っ葉』

人間の配慮には限界がある

今年三浦朱門が、二月三日に亡くなってから、私は納戸や戸棚の中の彼の衣服はほとんど始末してしまったけれど、ベッド脇にあった小型の書類箪笥だけは、引き出しも開けなかった。

中にある「未確認物体」はすべて、税務上の書類だったり、過去の仕事上の連絡書類で、その日やその年が過ぎれば、何の意味もない単なる紙屑だからだった。

三浦朱門という人は、（私もだけれど）ソロバンも電算機もうまくいじれなくて、税金の申告はすべて税理士さんにやってもらっていた。

「これが報告書です。お目通し願います」

などと言われると、「はいはい、ありがとう。ご苦労さまでしたね」などと言いながら、ぽんとこうした引き出しに放り込むだけで、実は一度も目を通さなかった。税金の申告などに達者になると、いい小説を書けなくなる、と冗談に信じているところもあった。

だからその書類箪笥の中身は、いつか私に元気がでれば、ごっそり捨てられるだろう、いや捨てねばならない、と思っているだけで、結局約四ヶ月間、手をつけていなかった。生ゴミなら腐敗するから、何とか始末する。しかし書類は場所をとるだけで、積極的な悪事を働かないから、私は気楽に放置していたのである。

六月の或る日、私はその書類箪笥の一番上の引き出しを開けてみた。果たして公認会計士からの、袋入りのずっしりと重い書類があった。その下のゴミのような紙類を少しいじってみると、私は思いもかけないものを発見した。

二つ折りにした十二枚の一万円札である。

これがヘソクリというものなのだろう。

理由はすぐ考えられる。私は自分の手持ちの現金が少なくなると、夫の背広の財布から、よく二、三枚のお札を抜くことがあった。空にしたことはないのだが、ちょっと借りておいて、できれば今日中には、銀行からお金を出してきて、夫の財布に補充しておこう、とは考えていたのである。

しかし私たち夫婦はお互いが忙しかった。つまり始終意思の疎通がうまく行っていなかったのである。だから夫は、出先で財布を出し、自分はそこにいる人々の中で一番の年寄りだから、一番たくさん出すつもりで、そうはいかなかったことがよくあるとぼやいていた。知寿子（私）が僕に断りもなく札を抜くから、「僕は恥をかいた」のだそうである。

私はあまり反省していなかった。お札全部を抜いたわけではない。そこにあるうちの三分の一ほどを「借りた」のである。

こういうことが一度ならずあったので、夫は用心することにしたらしい。つまりヘソクリを作っていたのである。

私はもちろん、天にも昇る気持ちで、この十二万円を懐に入れた。ただ何に使うかを決めるのはかなりむずかしいぞ、という気がした。

私はこのお金の存在を、いたずら好きの夫が生前に仕掛けていった罠のように感じたのである。常識的なことに使えば、決して文句は言わないが、ほんの一瞬つまらなそうな顔をする。「発想が貧困だ」と言っているのである。昔なら、「特大豚カツ」で有名な店に行った、と言えば、かなり嬉しそうな顔をすると思うが、今では私の食欲が、その手の嘘についていけない。だからどんなことをしても、お金の使い道をけなす朱門の声が聞こえるような気がした。

私はその「略奪した紙幣」を財布に入れ、海の家に出かけた。そして数日後に、野菜を買って東京に帰るつもりで、地方の大きな量販店へ行った。つまりスコップから薬まで、何でも売っている店である。

私がその店を好んだのは、東京と比較にならないほどの安さで、小さな植物も売っていることだった。夫は私の花や植物の趣味も全く解さなかった。「僕は食べられないものには、興味がない」と公言して憚らなかった。だから、私は今まで勝手に自分の趣味をほそぼそと生かしてきたのである。

朱門は都合のいいことに、食べられる企画には何でも参加した。今私の家では、庭にはびこっているズッキーニを収穫して食べているが、これなど、もし生きていたら三浦朱門は決して遠慮せずに大喜びで食べたに違いない。何しろズッキーニとドジョウインゲンのバター炒めというものは、この季節で特筆すべきおいしい野菜料理なのだから。

別に理由はないのだが、その日私はペットショップのコーナーを通りかかった時、猫のガラスケースの前で足を止めた。中には二匹の子猫がいた。黒と灰色の毛の混じった子と、トースト色と白の子猫であった。黒い子のほうはあまりにも小さく痩せていて、育つかどうかわからない。

あのお金で、このトースト色の子猫を買ったら、朱門はあきれるだろう、と私は思った。朱門はもう死んでいるのに、そう感じたのである。しかし家に帰った時、「今日、猫を買ってきたわ」と言えば、とっさに「猫は食えない」と言いながら、それでも可愛がるだろうという気がした。

私はそこで猫を買うことにした。たくさんの書類に署名し、説明を受けた。

しかし私は、今晩この子が病気になって死にかけても、ペットショップに別の子猫に取り替えてくださいとは言わないような気がした。そうなれば、この子猫は一夜だけ、私の腕に抱かれて死ぬために、うちへ来た、と思うにちがいないからであった。

驚いたことにその平凡な茶色の猫は、スコティッシュフォールドという一応血統書つきの猫であった。私は雑種の猫しか飼ったことがないので、猫の品種などというものは、全く知らない。夫のへソクリでも足りないほどの値段だなどということにまずびっくりした。しかし私の手持ちを加えれば、買えないほどの金額でもなかった。原産はスコットランドで、特徴と言えば、横に楕円形の丸い顔の両端に、へたりと折れたような情けない耳がついている。それと座った時、前脚の横から頑丈な後脚が堂々と出ていなければならないらしい。これを「スコ座り」というのだということは、後で教えられた。

私はそれが少し変わった猫の顔だということさえ自覚していなかった。買って（飼って）数日後、東京へ帰る時、別のマーケットの中でハンドバッグに入れて歩いていたら、レジの列で後についていたおばさんが、

「あれえ、この子は犬なのかねえ。猫なのかねえ」

と言ったが、私は聞こえない振りをしていた。試験問題に、犬と猫の違いを記せ、と言われたら、どう書いたらいいかわからなくなっていたのである。

夫がいなくなって寂しいから、意図的に猫を飼ったのではない。私は動物を飼うことに、かなり慎重な性格であった。一生の面倒を見ると約束するなどということは、軽々にしてはいけない、という心理が常に働いていた。

今の私の年を考えたら、この子が死ぬまで私が生きている保証もない。しかし私はその時、それも考えなかった。

この世で起きることは、計算通りではない。予定していたことも、していなかったことも、すべて音も立てずに変化して行くのだから、人間の配慮というものにも、限界はある、と最近は感じているのである。


『人生の持ち時間』

上質の徳は、深い羞恥の感情とも連動している

私は長い年月、すばらしい人々に会ってきた。それこそあらゆる年代と境遇と立場の違う人々である。

私の幸福は、それらの人々に、深い尊敬を抱いたことであった。彼らは独自の専門的な分野に秀でていただけでなく、実は必ず徳のある人たちであった。

徳があるなどというと、彼らは必ず「へへへ」と笑い、「ご冗談を」という顔をするに違いない。

個人的な上質の徳は、多くの場合深い羞恥の感情とも連動している。

自分はヒューマニストで、常に人道的な立場を採っている、などと言う人に、私は徳を感じたことはない。

そもそも私自身も、徳が力を持つなどという感じを初めは持ったことがな

かった。

徳は芳香のように、香り高くはあっても、世間に通用する、何か実利を伴うものではないと思っていた。

世間には力を持とうとして徳を売り物にする人もいるが、徳は道楽と同じように、金にも力にもなるものではないはずである。


『国家の徳』

友だちは棄てない

友だちというのは、棄てられても、棄てないほうがいい。棄てられることは仕方がないけれども、棄てないほうがいいですね。

それに、古い友だちってあまり棄てないものなんですよね。

もうお互いに、悪いところも見尽しちゃってるから、何を今さら驚くか、というようなものでね。だから、棄てなきゃいけないような友だちだったら、ほんとうの友だちじゃなかったのかもしれませんね。

ただ、その人とこれだけはしちゃいけない、ということはあるんだと思うんです。

たとえば、お金にだらしがなくて、契約の精神がない人とは、ビジネスをしてはいけない。じゃその人は悪い友だちかというと、違う。

そういうことさえしなければいい友だちっているんですよ。二人でお茶を飲むとか、音楽会を聴きに行くとか、刺繍をするとかいうことだけなら楽しくやれるの。

『人はみな「愛」を語る』

友だちを作る、一番ラクな方法

日本はもう少しすると、全世代の四分の一が一人暮らしになるそうです。配偶者と死に別れた高齢者も、これから増えてくるでしょうね。

一人で生きていけるのか、という不安があっても、生きていくしかないでしょう。使えるものは何だって使って。それが生きるということですから。

私が気になるのは、孤独は怖いというイメージがあるわりに、果たしてみんな、友だちを作る努力をしているのだろうか、ということです。

友だちを作る、一番ラクチンな方法は一緒にご飯を食べることです。

一緒に食べませんか、と誘われることが嫌いな人は、あまりいないみたいですから。お金のことが気になるなら、「×曜日に一緒にご飯を食べません？かかった費用は割り勘にして」といえばいい。それにもともと、老人は安いもので間に合うのよ。

私は、ご飯を作るということをやめたときから、世の中が見えなくなってくると思っているんです。

一緒に誰かと食べることもそう。私は人にご飯を食べてもらうのが、趣味のようなものなのです。たいしたご馳走はしませんけど。


『夫婦のルール』

一人暮らしに還る時

別に男性、女性の差はない。人間は誰も中年、老年、それぞれの年代において一人になる可能性がある。

それに備えることは実に重大な任務だ。

備えなければならない部分は、経済と心と、二つである。新しい生活を用意するには、なにがしかの出費も要る。だから、主に老後に備える貯金も必要なのだ。

しかし心の部分のほうがもっとむずかしい。家族の人数が減るか、自分一人になる状態を受け入れることは、心を裂かれ血を流すほど厳しいことだが、多くの場合、それは人間の務めなのである。

なぜなら生きるというのは変化そのものだからだ。子供が初めて友人の家に

「お泊まりに行った」日のことさえ記憶している親は多い。もちろん親は、子供がその小さな冒険を楽しみ、順調にその家庭のしきたりに馴染んで一日を過ごして帰ってくることを望んでいる。

しかし他人の生活に溶け込むということは、とりもなおさず親に対する一種の裏切りだ。親にとって理想の子供とは、親の心情を理解して、いつまでも一緒に暮らすものなのだ。

一人になるほうも、それなりに辛い。家族の人数が減るということよりも、完全に一人で暮らさねばならなくなるということは、大きな試練である。その試練なるものが、その人の悪い行為の結果や罰でなくても、そういう状況になることもまた、人生の複雑さだ。

子供の独立を願えば、親は一人になるほかはない。どんなに仲のいい夫婦でも、一生二人でいられるわけはない。どちらかが先に死に、一人が残る。

結婚してから長い間、一人暮らしの現実を忘れていた女性が、再び一人で生きるようになるのだ。一人暮らしの多くは、十代の末か二十代の初めからのことである。

その後、何十年という結婚生活の後に、改めて一人で暮らさねばならない時、それに順応する生活技術を、その意味を納得することは、至難の業なのである。

『人生の値打ち』

第三章

六十歳からの暮らしは、身軽に

自分にとっての贅沢をする

私は贅沢もするし、節約して暮らす面もある。海の傍に別荘用の土地を買ったのは四十年前であった。長い年月をかけて手を入れ、植えておいた椰子は高さも十メートルを超えたし、南方の木も植え、花も作るようになった。同時に畑も整備してタマネギやえんどう豆やイモを植え、採れた野菜を自分で料理して食べる。それが私にとっては最高の贅沢なのである。

人は人、自分は自分としてしか生きられない。それが人間の運命だろう。個別の人としてこの世に生を受けた以上、人間は一人一人違っていて当然だ。無理して違わせることはないが、遺伝子が違うのだから好みも違って当たり前であろう。

『人生の原則』

「おうちご飯」を作る

一時期、毎日五キロ走る、とか、一日一万歩歩く、とか三十種類の食物を毎日必ず口にする、とかいうことを健康の秘訣と考えて実行している人がいたが、私は「毎日」という決意が続かなかった。「今日は寒いからやめよう」「今日は仕事の原稿書きが優先」「三十種類？　そんな足し算できない」と続かない理由はいくらでもあって、それでいいと感じているのだ。

そのうち「高齢になって毎日（気候も考えずに）走ったり、一万歩も歩いたりするのは体によくない」という説やら、「十六茶、というお茶を飲んで十六種類を食べたことにしている」などというおもしろい計算法まで出て、これらの一種の信仰は、流行のように消え去った観もある。しかし中には、まだ残っているものもある。

それでいいのである。何も世間や、初歩的な素人の医学的知識に振り回されることはない。

私の場合、別に決まって守っていることもないが、しいて言えば「おうちご飯」を作って食べている。前にも触れたが、我が家では九十一歳になる夫が、二〇一七年の二月三日に死去した。

私の夕食は一人になり、ケーキと紅茶を飲むだけでも済むのだが、私は長年の習慣で、何となく一人でも食事らしいものを作って食べている。

今朝は朝から到来ものの筍を薄揚げと煮て、夜に備えている。私はゴリラと似ていると思うほど筍が好きだ。しかしそのせいで、少し胃が痛い。八十年、九十年と生きてきても、人間はまだ自分で自分に適した食物の量や種類さえ管理できない。

私は時々、自分の体が食べたいものを告げているように思うことがある。或る冬の朝、私は普段好きでもないお粥に青菜を入れて食べたい、としきりに思った。昔お正月の七日に、古い習慣のある私の実家では、律儀に七草粥を作って食べた。

七日の朝起きると、子供の私は憂鬱だった。お粥も好きではなかったし、そこに青菜を加えて塩味で食べておいしいわけはない。

しかし昔の人は、総合ビタミン剤もなかったのだから、自然の食品で栄養を補おうと、必死だったのだろう。

冬の最中に野原で摘んでくる貴重な野草を食べれば、少しはその目的を果たす、と身体が知っていたのかもしれない。


『人間にとって病いとは何か』

何歳になっても自分を鍛え続けるということ

人は老化と共にどんどんどん外界が遠のき、色彩が褪せるらしい。つまり気になるのは自分のことだけで、他者のことは一向にどうでもよくなるのである。だからどんどん浅ましい利己主義者になる。

後期高齢者医療保険料を払っている以上、医者に行かねば損。介護保険料を払っている以上、少し体が悪いだけで早めに申請をしておかなければ損、という浅ましさを見せるようになる。自分が健康なら、できるだけ病気がちな人に、高齢者の医療費や介護保険料を廻したらいいと思わなくなるのだ。

これではどんなにお化粧をし、肌が若いと言われても、強欲と利己主義の塊になって魅力的でいられるわけはないだろう。

そういう人たちは、本を読まないことも一つの特徴だ。つまりお肌の手入れはしても、精神に栄養は与えないから、喋る内容がなくなって、言葉も表情もパサパサになっているだろう。

料理がぼけ防止にいいということは、昨今有名な事実になっている。料理は軍隊の上陸作戦と同じで、総合的な複数の要素を一挙に統合して進める手順が要る。

私は家にいる限り、毎日のように昔風のおかずを作る。それも残り物をうまく使おうという目的だから、冷蔵庫の中もきれいに片付く。食料をむだに捨てるような暮らしをすると、自分の人生にはいいこともないだろうと思うのと、冷蔵庫そのものが整理されている状態が好きだからである。

何歳まで生きていられるかを考える必要はないだろう。しかし心身共に人の迷惑にならないためには、自分を鍛え続けなければならない。それには一人で歩き、一人で荷物を持ち、一人で考え、一人で暮らすことを工夫することだ。それを実行している見事な老人を、最近はよくあちこちで見かけるようになった。


『不幸は人生の財産』

日常生活の中に「道楽」を見つける

私はまだ収入を得る身ですから、年間に五十万円くらいの後期高齢者用の健康保険料を納めています。

五十万も払っているのだから、病院に行かなくては損よ。そう言う人もいますが、私は努めて行かないようにしているんです。ちょっとした風邪なら寝て治します。薬をもらうこともほとんどありません。

そうして私が使わなかった保険料が、誰かほんとうに必要な人の役に立てばいいと思っているからです。

これは私にとって、一つの「道楽」ですね。バスに乗る時にもお金を払います。映画館でもなるべく正規の料金を払っています。わずかなお金ですが、それでバス会社や映画館が少しでも儲けてくれたらいいでしょう。年寄りだから何でも割引になる。タダになって当たり前だ。

そんな権利ばかりを主張する人がいます。でも、もし少しでもお金に余裕があるのなら、割引を使わなくても生活できるのなら、決められたお金を払う人になってもいいのよ。保険料を取られて損をしたと思うのではなく、払えてよかったと考える。助けてもらうことばかりを考えるのではなく、他人のために何ができるかを考える。そのほうが楽しいですよね。

「道楽」という言葉が私は好きです。

人生の道を楽しくすること。自分の心を楽にすること。そんな道楽を日常生活の中に見つけることです。私は今もよく、おかずを作ります。秘書を含めて時には六人が食べますからね。知人にもご馳走したりします。大根と油揚げを煮たり、キャベツをバターで軽く炒めたり、とてもご馳走とは言えませんが、それでも皆、おいしそうに食べてくださる。私の楽しみですから。

こうした道楽は自分で見つけることですね。

自分に合ったものを探すことです。昨今はウォーキングが流行っているようですが、私は運動が嫌いなので一切やりません。健康のために歩くなんて真っ平御免。

せっかく歩くのなら買い物に行く。流行など気にしないで、自分が心地いいことだけをやる。それこそが年を取って得られる自由さというものです。

『50代から人生を楽しむ人、後悔する人』

素朴な衣食住があればいい

贅沢を言わなければ、逃げ道はたくさんあります。

今の生活のレベルを保持しようと思うから、ほかにないのです。基本は、素朴な衣食住を確保する、それだけ。暮らせる条件は、どうにか死なないことだと自分に言い聞かせ、日頃から妻にも子供たちにも吹き込んでおくことです。

子供は、造反するかもしれない。その時は親を恨むかもしれませんが、そこで子供は学び、育つこともある。

私だったら、誰かに魂を売らずに生きていかれることほどすばらしいことはない、と子供に言うだろうと思います。

『日本財団9年半の日々』

現在あるものを使い切る

私は六十四歳から七十四歳までの約九年半、日本財団というところで週に三日、勤め人の暮らしをしたおかげで、勤労者にしか要らないものが増えた。まず人に会う時のためのスーツ、ハンドバッグ、スカーフ、アクセサリーなどをたくさん持ってしまった。しかし看護人の生活になるとスーツや無地のジャケットなどはほとんど要らない。今はカーディガンとスカート、ほかに黒や紺や白のスラックスがあれば十分であった。

私はそれらの過去の「遺産」をごっそり追放することにし、中で使えそうなものは、すべてお嫁さんが持って行ってくれた。

私はこの上なく爽快だった。膠原病のために、始終微熱が出てだるかったり、上腕部が痛かったりするので、高い所と低い所に置いてあるものを取るのが辛くなってきている。だから普段使わないものは、高い場所か床に近い低い棚に移し、始終使うものを腰から眼の高さまでの棚に置くことにした。これでかなり行動が楽になるだろう。

お嫁さんが手伝ってくれたおかげで、その貴重な高さの棚が三メートル分くらい空になった。空間に価値がある、と感じたのは、初めてではないが、今回ほど嬉しかったことはなかった。

看護人になってから、(いや、ほんとうはそれ以前から)私はデパートにも行かない。食料品以外、買い物というものをしなくなったのである。もともと私は服なども通販で買っていたので、それらの通販会社は私の生活が変わったのも知らずに相変わらずカタログは送りつけてくる。四十パーセント引きとか、半額セールとかで気に入った型と材質の寝間着を売っていたりすると買うことはあったが、後は消費生活とはかなり遠くなった。

節句働きのおかげでできた棚には、十分、新しいハンドバッグとか、まだ土におろしていない靴とかを置ける空間ができたのだが、私はもうほしいものがなかった。それほど十分買っていたのね、と思う人もいるだろうし、戦後の暮らしはそう言ってもいいような気もする。

しかし私の感覚からすると、ほしくないのは死が近いからであった。昔は、ほしいものが常にあったが、今は現在あるもので十分になった。

むしろ持っているものを、使い切って死にたい。そうでないと、スカーフにせよ、安物のアクセサリーにせよ、死蔵したことになって可哀そうなのである。

「私日記195」『Voice』2016・4

昔ながらのお金を溜める方法

お金を溜めようとしたら、やはり律儀と倹約という昔ながらの方法しかないのである。ケチと倹約は少し違うのだが、私は幼い時から、ものを大切に使うこと、地道に働くことを、母と学校の両方から教わった。今でも私は、買った食べ物を残すことができない。必ず数日に一度ずつ鶏の手羽肉などを買ってきて、冷蔵庫の中の残り物の野菜を利用したスープを作る。

お金を溜めようと思ったら、やはり私程度の志低いケチの精神は要るであろう。そうでなかったら、決して宝くじや博打などでは、お金は溜まらないのである。お中元やお歳暮の季節に頂いたものの量が多すぎると思う時は、その日のうちに、近所の人でも、友人でも、誰か食べてくれるか使ってくれそうな人に贈る気持ちも必要だろう。家族が四、五人いるうちなら、何をもらっても役に立ちますと喜んでくれる。人もものも生き物なのである。いつかは必ず死ぬか滅びる運命にある。

その存在を役立てることは、人間の大きな義務である。この世に存在したものは、必ずどこかで喜んで受け入れられていなければならない、と思う。「こんなもの」と言われたり、働く場もなく腐らせて捨て置かれるのではないように、使い切らなければならない。この原則を通しているだけでも、私はなぜかお金も或る程度は残るような気がしている。

大資産を残せるかどうかは別として「一生食べるだけのものはついてくる」と易者が言うくらいのことは叶うような気がするのである。

『中年以後』

家の設備を整える

そのほかにも、私はお風呂場にも早々と自分が決めた位置や高さに、必要と思われる長さの手摺りを設置した。天井の電気が同時にヒーターになる設備もつけた。これで浴室を予備的に温めることもできたし、お湯を抜いた後に、お風呂場を徹底して乾かすこともできた。もっとも私は電気代をけちる自然主義派だったので、昼間、お風呂場は開けっ放しにする規則を作った。

お風呂場に手摺りをつけてくださいというと、大工さんには一応のマニュアルがあって、決められた場所につけていくらしい。しかし私は自分が、何度も湯船に入ったり出たりしてみて、もし不自由な足で立ち上がることになったら、どんな姿勢の時に不安を覚えるだろうという気持ちで場所を指示した。もちろん、湯船に入る人の障害の程度と位置によって、これが変わることは承知しているが、一応誰かの役には必ず立つ場所である。

それぞれの装置にはお金がかかったが、私は自分の将来に対する必要経費と思って出したのだ。

後に物知りの友人に聞くと、それらは介護保険が出るようになってから申請すれば要介護の程度によって費用の何パーセントかが出るという話だが、私は自費でやってしまった。

できればそれでいい。保険というものを、自分が払った分だけでなく、できるだけ多く「使い倒す」のがいいと思っている人が時々いるが、こういう人生の送り方をすると、なぜかいいことはないような気がする。

「孤食」を避けるたった一つの方法

私は母から料理の手ほどきを受けたことがないのだが、いつのまにか見ようみまねで、手早く料理を作るのがうまくなった。私は今でも少し原稿を書いているので、「心のこもったていねいな料理」など作るひまがない。それで自称「手抜き料理の名人」になった。

手抜きではおいしい料理はできない、という料理人の意見は実にほんとうだと思うが、私たちの生活にはまた、別の必然だか基準だかがあってもいいのである。

母の時代には、ひじきだって水に戻してから、何分か煮ていたものだった。しかし今のひじきは、もう煮えている。だから袋入りのお出汁を使って自分好みの味を作って煮れば、ほとんどインスタント食品並みの簡単さでできる。

私はもう八十代半ばに近いこの年まで、癌にもかからず、生涯でまだ高血圧の薬を飲んだこともなくて済んでいるのは、ひとえにうちのご飯を食べていたからだと思う。三十年ほど前からは、自宅で家庭菜園も始めたから、全部ではないにせよ、自然食品に近いものを六、七割は食べていることになる。しかしそれでも私は膠原病にかかっている。

膠原病は化学薬品などの刺激によって、免疫が自分を攻撃するというおかしな病気だ。

老人が一人でご飯を食べる「孤食」は実によくないという。一人だと食べるものにも周囲にも気を配ることがない。最近はコンビニで何でもそろう時代だが、出来合いの食品は恐らく防腐剤も入っているだろう。しかし何より話し相手がないから、認知症にもつながる。

私には実感がある。

同年配を見ていると、認知症の人は、その人の周囲から社会が消えて自分だけになっている。そして時にはほんの数日のうちにぼけの症状ははっきりしてくる。私は今何より認知症が怖い。

老人世代は、いわしの丸干しとおみそ汁とたくあんだけのメニューでも、うちでご飯を作って、近隣の知人を呼んで会食をし合うべきだ。

すると料理によっても会話によっても、頭が動く。

孤独感も薄れて一人暮らしもいいものだ、と思える。「うちのご飯」をいっしょに食べる恩恵は実に偉大なのだ。

『人生の醍醐味』

自分を怠けさせる効用

私はすぐ怠けたがる体を、できるだけ怠けさせるために、今までにないほど頭が廻るようになっていたのである。

ものごとの先だけでなく、先の先のさらに先のことも思いつき、行動がそれに備えるようになった。流しの近くに行ったなら、ついでに野菜の水切りもしておこう。二階に行くのなら、洗濯物の乾いたのと、ティッシュペーパーの予備の箱をついでに持って上がり、降りてくる時、気になっていた埃よけの汚れたテーブルクロスを外して階下の洗濯機に放り込んでおこう。そのついでに……と私の頭は初期のコンピューターくらいには働く。それも綿密に素早く働くようになった。

「自立した生活」が最高の健康法

私は毎朝、食事が終わると、昼と夜のおかずを決める。

冷凍の食材をとかす必要がある場合が多いからなのだが、昼には我が家では小型の「従業員食堂」が開かれて秘書もいっしょに食事をするし、夜は夫と二人の少人数で、あまり手をかけたくないからである。

しかし私は昔から、どうしても家で作ったご飯を食べなければおいしくない、という先入観を持っていた。たまにはコンビニの食べ物の便利さに感動もしているが、やはり基本は我が家で作ったおかずである。ぶり大根など煮ると、たまたま仕事で来られた方にも、お菓子代わりに出している。

ほんとうは、お菓子などを買いに行くのが面倒になってきたからである。

最近私は朝ご飯の後で、すぐに野菜の始末をすることにした。

お昼にもやしと豚肉の炒めものを作ろうと決めたら、朝飯の後でもやしのひげ根を夫にも手伝わせて取るのである。

夫は九十歳近くなるまで、もやしのひげ根など取ったことはなかったろう。ひげ根については、友人たちの間でも賛否両論があり、私は面倒くさいからそのまま炒める、という口だったが、週末だけわが家に手伝いに来てくれる九十二歳の婦人は、ひげ根は取るのと取らないのでは、味に雲泥の差がつくという。

夫を巻き込んだのは、私の悪巧みである。

私は常々、「人は体の動く限り、毎日、お爺さんは山へ芝刈りに、お婆さんは川に洗濯に行かねばなりません」と脅していた。

運動能力を維持するためと、前歴が何であろうと――大学教授であろうと、社長であろうと、大臣であろうと――生きるための仕事は一人の人としてする、という慎ましさを失うと、魅力的な人間性まで喪失する、と思っているからだ。

それと世間では、最近、認知症になりたくなければ、指先を動かせ、字を書け、というようなことが信じられ始めてきたからでもある。

料理もその点、総合的判断と重層的配慮が必要な作業だという点で、最高の認知症予防法だということになってきた。

もやしのひげ根でも、インゲンまめの筋でも、二人で取るとなぜか半分以下の時間でできる。三人で取れば、四分の一くらいの時間で作業は終わってしまう。家族で同じ作業をほんの数分間する、その間にくだらない会話をする、ということの効果は実に大きい。

老人からは孤立感を取り除き、自分も生活に一人前に参加しているという自足感を与える。

そして自称「手抜き料理の名人」である私にしてみると、野菜の始末さえできていれば、料理そのものはほんとうに簡単なものである。

昔、引退したらゆっくり遊んで暮らすのがいい、と言われた時代であったけれど、私の実感ではとんでもない話だ。

「お客さま扱い」が基本の老人ホームの生活、病院の入院、すべて高齢者を急速に認知症にさせる要素だと私は思っている。要は自分で自立した生活をできるだけ続けることが、人間の暮らしの基本であり、健康法なのだ。

老人が健康に暮らす秘訣

私の同級生たちは今、七十八歳ですが、ほとんどが仕事をしています。私が「学生時代からそんな才能があったの？」と驚くくらい、それぞれに技術を身につけ磨いて、外国人に日本語を教えたり書道教室を開いたり、染色がうまくて展覧会に出品している人もいます。

作品が売れることもあるそうです。年を取っても、できるだけそうやって経済的価値を生み出す仕事をするのはいいですねえ。自分がやった仕事に「対価を払います」と言われているということは、社会から疎外されていない証しです。だから、幼稚だけれど、生きがいになります。

老人が健康に暮らす秘訣は、生きがいを持つこと。つまり、目的を持っていることだと思います。私の母が晩年、自分に生活の目的を与えてくれ、と言ったことがありました。老人性の軽い鬱病になっていたのかもしれませんが、私は「それはできません」と答えたのを覚えています。

誰に対しても、他人は目的を与えることはできない。その人の希望を叶えるために相当助けることはできます。

しかし、目的は本人が決定しなくてはなりません。それは、若者であろうと老人であろうと、アフリカの片田舎に生まれようと、ニューヨークの摩天楼の下に生まれようと、同じことです。

たいていの年寄りは目標がなかったら、生きていけないのではないでしょうか。老人ホームで手厚く世話をしてもらって、お花見だ、お月見だ、盆踊りだと行事を開いていただいても、目標がないと楽しくないかもしれません。

やっぱり絵手紙がうまくなるとか、俳句が上達するとか、何か目標がいるような気がします。

百歳まで生きる覚悟を持つ

　知人が来てしみじみと言う。「昔百歳の人は、どこかにいる、って感じだった。つまり誰それのお姑さんは、百歳なんだって、っていう具合にね、話に聞いてただけだったのよ。ところが最近じゃ、その百歳がけっこうあっちにもこっちにもいるの。頭もしっかりしてて、話だけじゃなくて、現実にいるようになったのよ、ここ数年の間に」。

　この言葉が日本社会の高齢化を身近に感じさせる最も端的な表現だ。

　とすると、私たちにははっきりとするべきことがある。もしかすると百歳まで生きてしまうなら、今のうちから必死になって体を保たせることを仕事にすべきだ、ということだ。深酒や喫煙をやめ、運動を怠らず、誰かの世話になればいいという甘えを捨てて、死ぬ日まで自分のことは何とか自分でする、という強固な目的を持つことだろう。

年を取ったら、勤めているのではないのだから、時間だけはいくらでもある。どんなに行動に時間がかかろうとも、それで文句を言う人はいない。とにかく歯磨き、洗面、入浴、トイレ、食事などを自分ですること、のほかに、自分のための簡単な食事の用意、洗濯機を使って衣服を清潔にすること、気分のいい時に自室の掃除をすること、くらいは、終生する決意をしなければ、日本はやっていけない。

あそこが痛い、ここが悪いと言って、病院通いを主たる生活の目的にしている高齢者も、少しはそれ以外に人間としてやらなければならないことがある、と考えたほうがいい。

今のような老人に対する処遇は、まもなく社会の構造ができなくなる。国家に治療費を負担させておいて、増税反対は不可能だ。若い世代が大切なら、病気をしない、という決意で生きなければならない。

高齢男性にも同じような任務がある。

妻に頼って食事は妻が用意するもの、洗濯も掃除も妻がやるもの、などと考えていて、自立しない生活無能力者の男性年寄りがあまりにも多いので驚く。妻に先立たれたら、一人では生きられないのだから、これでは子供か社会のお荷物になるだけである。

増税も仕方がないだろう。増税反対、福祉賛成などという辻褄の合わないことは、もともと不可能だ。だから増税はいいとしても、役所のむだ遣いに対しては、もっと厳しい監視機関がいる。むだ遣いが発覚したら、責任のあるポストにいた人たちは、過去に遡って弁償させ、退職金を取り上げる、というくらいの荒療治をしないと、状況は少しもよくならない。

死ぬ日まで何とか厳しい生活に身を置き続けて、思考と運動機能を細々とでも保ち続け、健康保険をできるだけ使わないようにすることが、老後の大きな任務になった。

『平和とは非凡な幸運』

お風呂に気をつける

つい先日、私の知人が、マンションの浴室で亡くなっていた。まだ七十歳くらいで、そんなに高齢でもない。一人暮らしが危険という年でもないし、浴室の事故が起きるのは、ほとんど寒い冬場である。しかしその人の場合はもう夏が近づいている季節になっていたから、周囲も当人も一人でお風呂に入るのを危険とは思っていなかったろう。

しかしお風呂は、心臓に問題があったり、血圧の不安定な人にとっては、実に危険なところだ。

私は今から十五年くらい前に、ということは七十歳になるや否や、家中に体が不自由でも動けるような装置をつけた。玄関の前の数段の石段、靴脱ぎ場、廊下、お風呂場などに、醜いけれど仕方がない、という気持ちで手摺りをつけたのである。それだけでなく、二階へ階段を上れなくなる場合の準備もした。私の知人に、プレハブ三階建ての家を建てた時、箱型のエレベーターまでつけた人もいる。しかし私は持ち前のケチの精神から、そんな贅沢はできなかった。

ただ私の寝室は二階にある。どんなに年を取って足に不都合が起きても、とにかく自分で二階に辿りつけるようにはしたい。

その結果、発見したのは、椅子が一個壁伝いに二階へ上って行くシステムのものだった。むき出しだが、二階まで上るのに七十五秒もかかるのだから、振り落とされる心配はない。私はこの速度にイライラしたが、それでも重い本を数冊運び上げたり下ろしたりするのにも、役に立った。

夫が倒れて介護認定を受けるようになった二〇一六年、初めてケースワーカーさんという方が家に現れて、家中を見ていかれた時、私は聞かれた。

「このお宅は建てて何年になりますか」

私はこういうことに記憶が悪い。

「正確ではないのですが、五十年くらいです」

「その時のままですか？」

「はい」

この古家は、僕たちが死ぬまでこのまま使う。

何とか保つだろう。死んだら壊して更地にして売ればいい、というのが夫の意見で、私もそのつもりでいた。私たちの世代は、戦争を体験しているから、何でも「倹約・節約」ということが大好きで、使えなくなるまで使う、というみみっちい趣味がある。

「その時から、バリアフリーなんですか？」

つまり家中に段差がないのだ。敷居もない。

「はい、そうですが」

バリアフリーということは、車椅子にも対応しているということだが、蹴躓《つまず》くという心配もない。

私は確かに、それを意識して建てた覚えはある。すでにその時、私たち夫婦は、親たち三人と同居していた。夫の両親は足が達者だったが、私の母は不自由だった。

約五十年経って、私は意外な時にこの家を褒められたわけだ。

すでにうちは手摺りだらけだった。

廊下にも玄関にもトイレにも。家族はまだ手摺りなしで歩けたが、知人は似たような年齢だから、どんなお客さまにでも使えた。

『人生の退き際』

その日一日を楽しく暮らす

私は、母と気が合わなかった父が家族に厳しい人だったので、その日を楽しくすることだけを、今、一番大切にしているんです。

先のことはどうでもいいし、ましてや人さまの人生を私がどうすることもできない。まあ、相変わらず口の悪いことを言ったりしていますが、本質において、みんなができるだけ気持ちのいいところで暮らし、この古い家を大切にして、楽しくお茶を飲み、夜は早めにゆっくりお風呂に入り、ぐっすり寝て、それだけが私の今日の目的。夜は八時には床について、今日は終わり。朝は四時半頃から目覚めて本を読んでいます。

生涯隠居はしない

高齢者に「一日をどんなふうにお暮らしですか？」と聞いてみると、「昼寝とテレビ」と答える人がけっこう多い。わが家の猫とそっくりだ。猫は一日中眠っている。それでいて、夜も寝る。なんてもったいない。人間がそんなふうに過ごして生きていられる社会があるわけがない。高齢者だって働かなきゃ食べられない社会が普通だと思うのは、私が貧乏性だからなのか。

健康である限り、生涯隠居はしないという人がいて当然だ。高齢者が甘え、それを甘やかすためにお金を使うことが正義だというのは、仕事をしたい、何かの役に立ちたいと考える年寄りの活力を奪っている。

『老境の美徳』

できるだけ機嫌よく生きる

わずかに買って来てあるお餅でお雑煮を作り、昆布巻き、かずのこ、などを並べて型ばかりのお正月。

毎年、今年は何をしようという決心などしたことがないのは、決心しても続かないし、予測してもその通りになったことがないからだ。

ただ強いて心に決めていることと言えば、私が暮らしている東京の家の毎日の生活を、できるだけ楽しくしようということ。最近、こういうことは大変大切なことだ、と思えて来た。

人が生きる時間は決まっている。その時間が楽しいか、インインメツメツかで、生きていることの意味が違う。

私たちの生活は小さな幸福に支えられているわけだから、ほんのちょっと楽しくしたい。料理の手を抜かず（とは言ってもおかずは質素なものなのだけれど）、うちの中をよく片付けて、花に水をやろう。

　そしてできるだけ機嫌よく生きて、二十二歳の猫にも長生きをさせよう。白内障が出ているのがかわいそうだが。

「怠け者の節句働き」みたいだけれど、今日から原稿を書く。


『私日記2　現し世の深い音』

眺めるに値するものはたくさんある

老人はもう、花の名所まで出かけられない。その体力がない。だからせめてテレビで見たい、と言う方もいらっしゃるだろうけれど、そんな老人でも現実の生活はかなり忙しい。体が利かない分だけ、思うように家事もはかどらない。だから花見などしている暇にやらなければならないことがある、というのが私の実感だ。

別に眺めるに値するのは、さくらだけではない。私の家では、菜っ葉として食べる菜の花を庭で作っていたが、この時期、花だけが勢いよく残った株があって、その花を家中の小さな花瓶にさしている。水栽培でふやしている途中のポトスの瓶にも、菜の花を一輪加えると、ポトスと菜の花は意外と仲よく調和し合って、春を奏でてくれる。

『生身の人間』

料理の盛りつけを工夫する

有田焼の商売をしている知人が来て、最近の窯元の不況は深刻だと言う。とにかく陶器が売れない。

皆がおかずを買ってきて、プラスチックの容器のまま食べて、洗いもせずに捨てる傾向も影響しているという。

私はそういう生活がかなり嫌いだ。お金がなくても楽しく暮らす方途は知っているつもりだが、紙皿を毎日使って平気という神経は、どんなに財産があっても貧しい暮らしだ。

のらぼうの煮びたしだって、盛りつけ方によっては春の野山を感じられる。

『私日記6　食べても食べても減らない菜っ葉』

日本人は世界で最も贅沢な種族

歯科医に行く。まだ奥歯のわずかな違和感が解決しない。でも診療用のすばらしい椅子から空を眺めつつ、虫歯の手入れを少しの痛みもなくできるというのは、世界でも最も贅沢な生活をしている種族なのだ、と思う。

アフリカの女性たちは、十代から子供を産み始めて食生活も悪いから、三十歳でもう歯抜け婆さんの顔をしている。

『私日記7　飛んで行く時間は幸福の印』

質素ながら最高の暮らし

今日の新聞に、タレントの間寛平さんがマラソンとヨットによる「アースマラソン」で、約四万一千キロを旅して帰ってきたという記事が出ている。途中で前立腺がんの治療もしながらの人生の快挙だった。そして帰国の第一声。「帰ってきて、日本はすばらしい国だとびっくりした。こんな幸せな国に住んでるのに、贅沢ばっかり言ってたなあ」

これは毎日新聞の記事である。

この言葉をよく考えることだ。日本は格差社会で不幸だという政治家は、何と世界を知らないことか。

このすばらしい日本のささやかな生活の、私は具現者だ。

この三戸浜の農村では今キャベツが盛りだが、私の家の畑にも育ちのよくないキャベツが数株育っている。その取り立てをバター炒めにすると、お砂糖をかけたように甘い。芯もにんじんといっしょにスープにして食べてしまう。ぶりのあらでぶり大根を煮、新しいワカメでぬたを作る。目刺しも焼きたてで食べる。

すべて質素ながら最高なのだ。

お金やものへの執着が少なくなる

老年になると、老い先も短いのだから、お金にもものにも執着が少なくなるものだと思う。今の私にははっきりとその兆候が見えるようになっている。もちろんお金も好きだし、きれいな陶器でご飯を食べることも楽しいのだが、それとても、多くは要らなくなった。出歩く体力がなくなったから、お金も昔ほどは必要でないのである。

『人生の持ち時間』

最期は「老人ホーム」に入る

私は、自分の最後は老人ホームでもどこでも入れてくださいと家族に伝えてあります。たとえどんなに私が行きたくないと言っても、です。

主人の姉も最後は老人ホームに入りました。彼女は食事の時はアクセサリーを着けて食堂に行くような人。

私だったら着替えるのが面倒になって、自分の部屋でトーストでも食べておくわ、と言うかもしれないけれど、彼女は朝からちゃんとお化粧をして、ものぎれいな人でした。

その老人ホームでは、椅子に座っていれば誰かが重い思いをして介助をしなくてもよい入浴設備もあり、その後服も自動的に洗濯にまわしていただけるのです。それこそ私がお願いしたいことだと思いました。

たとえ一日中付き添って面倒を見てもらえるような経済力があったとしても、自分ひとりが、日本の貴重な労働力を奪うわけにはいかないのです。個人が面倒を見きれるわけがないから、国家的にまとめて面倒を見てもらうほかない。

年をとると自然に体が動かなくなる。

そのとき、一億二千万人のひとりとして、自分が人手を奪うことなく、配分していただける範囲のご好意を社会からいただいて、最期を迎えたいというのが私の希望です。

『曽野綾子の人生相談』

離婚は憎しみから逃れる最高の方法

　それと同時に、私の周囲には、老年になって配偶者と死に別れたり、離婚したり、離婚と同様の別居生活をするようになって自由を手に入れた人もいるようになった。私は父と母が仲の悪い夫婦だったので、離婚は憎しみから逃れる最高の方法だ、と子供の時から実感していたし、人生で何が何でも結婚しなければならないものでもない、と思っていた。結婚に夢を持ったことだけは一度もない。結婚は、社会の常識に逆らわずに、一番無難な方法で人生を知る方法だろうと思えた。私はこの世で命を懸けても手に入れたいものがあることも充分知っていたが、自分の性格は臆病で卑怯だと思っていたので、それ以外のことでは、できるだけ世間に逆らわないほうが楽だろうと計算してもいたのである。

　凡庸ということも、偉大なことである。

『生きる姿勢』

苦しみの人生を深く味わう

六十四歳の時に右足首を骨折して、しばらく車椅子を使っていたら、まわりの方から「いい人が骨を折ってくれた」と喜ばれたんですよ。

車椅子の人たちのために何が必要なのか「曽野さんが骨を折ってくれたことで、よくわかるに違いない」ですって。

私自身は、生まれて初めて肉体の不自由というものを知って、人並みになったような気がします。律儀なことに、十年後の七十四歳の時に今度は左の足首も折ったので、非常に不自由になりました。

歩けますけれど、走ることも、しゃがむこともままならない。階段さえうまく降りられないんだという、れっきとした引け目を突き付けられていることは、あまり悪い気がしない。きれいごとではなくて、とても人間的な感じがするんですね。

それに、いろいろな方に親切にしていただいて、人の優しさが心にしみました。足の骨を折らなかった人生よりも、より深い味わいがあったように思います。

若ぶる人は幼い

体も機械も同じようなものだ。使い方のこつで何とか動くが、機械が磨滅する運命であることは同じである。

この万物が辿る経過に、逆らうのはあらゆる意味で無意味なのだろう。

愚痴を趣味にする人と付き合うのも大変だが、反対に自分をいつもよく見せようとする人と付き合うのも疲れるものである。

若ぶるという姿勢は、いつ見ても幼いものを感じさせる。

それは何歳になっても緊張して体や心を動かし、自分の心身の機能を最大限に鍛えておこうという姿勢とは違う。とにかく時間の経過に逆らって、自分だけはいつになっても若いのだ、ということを示そうとする不自然さを感じさせる。

その年、その立場に応じた適切な自己表現ができるには、まず自分を客観視する態度に馴れるべきだろうし、その次に言葉ではない精神の表現能力が要るだろう、とこの頃しきりに思う。

自分のことは自分で始末する

死後、私は母の遺品を見て驚いた。着物は私が母に送った琉球紬二枚と寝間着用の浴衣だけ。草履は一足しかなかった。

これでもまだ病院に行くことがあったら、その時、履物がないと困るだろうと思って残したのだという。

母は病中、下手な和歌を作っていたが、そのためのノート一冊買わず、当時はまだ一般的だった四角い白い薬包紙に書きつけてあった。下手な歌には、その程度がいいと思っていたらしい。

ちょうど、貯金も尽きかかっていた時でもあった。私たち夫婦は幸いにも親たちのお金がなくなっても、別に困らないほどの収入を得るようにはなっていたが、それでも母からみると律儀な死に時を選んだのかもしれなかった。

母の死後、遺品の整理は半日で終わった。

ものが捨てられなくて、老年になっても家の中が品物で埋まっている、という人の話を聞くと、その気持ちがわからない。

私たちは、遺体の始末だけは人にしてもらわねばならないのだが、その他の点では、自分のことは自分で始末していくのが当然のことなのだ。


『酔狂に生きる』

人も物も「使い切る」

この地球上で命あるものを、私たちはすべて大切に思い、有効に使う使命を持っている。私たちは、自分と他人の命だけでなく、すべて存在するものを、充分に使い切る義務があり、そのための技術も磨くのである。

後年、私の趣味は、継いだり接《は》いだり磨いたり、広い意味で物を直すことになった。

壊れたお皿を直して使うために、金継ぎや共継ぎの技術をこれからでも習いたい。指物師になりたかった夢の片鱗《へんりん》は、今でも残っている。

人でも物でも、働き切り使い尽くされたあげく死んだり壊れたりすれば、多分本望なのだと私は思い込んでいる。

『人は怖くて嘘をつく』

第四章

六十歳からの病気との付き合い方

人は自分の病気を語る

人は自分の病気を語るのが好きだ。

病気は、誰にとっても「私小説」なのだ。

「私小説」というものは、たいていの人に書ける。

貧乏な家に育って苦労した話、新しい家を建てるまでの苦労話、男に裏切られたうらみつらみの話、詐欺に遭った悔しさが忘れられない話、山の登頂をなし遂げた話、孫が生まれた話。

たいていの人が、他人を感動させる程度に書ける。しかし、それがアマチュアの限界だとも言える。

人は誰でも一生に一つはドラマを書けるが、それを続けるという作業は少し別のものだ。

病気の話はしかも賛同者が多い。

自分も思い当たるという人が必ず話の輪の中にいるのである。

私なども、或るドクターが自分の病気の話をしているのを黙って聞いていた時、もしかしたら、自分もその病気かもしれない、と思い当たった一人である。


『人間にとって成熟とは何か』

病院任せにしない

高齢者が骨折して入院するとぼける、という話はよく耳にしますが、その最大の理由は病院任せになるからだろうと思います。自分は動かなくても、トイレはベッドの横に付いていて、身の廻りのことも看護師さんに頼りきり、その上家族の付き添いというのでは過保護にとどまらず、自分で考える機会まで奪ってしまいます。

本来は、骨折したその瞬間から自分でそれとどう戦うかを考え、自分に命じて働かせることはできるんです。その間に医師は骨折と、私という患者は自分のぼけと戦う、それぞれの任務が始まるんですね。

人間はどんな状況に置かれても、絶えず三〜四時間、十二時間あるいは二十四時間ぐらいの単位で目標を立てているものです。たとえば、夕食の献立を整えて食べて片付けを終えるまでの三〜四時間、夕食後に入浴して就寝して翌朝までの十二時間、という具合です。

病院は次の日の朝までの個人的な目標などを立ててはくれませんが、病人は一時的に置かれた状況と身体の状況が変わっても同じ人間です。入院を特別なことのように考えて、普段通りに自動的に目標を立てることを放棄した途端に、老人はぼけてしまうのかもしれません。

人間、幾つになっても緊張感と危機感が必要です。

戦争特派員みたいに泊まっているホテルが砲撃されるとか、取材中に銃弾に倒れるとか、そういう絵に描いたような危機の真っ只中になど誰もいません。が、生きることへの緊張感と危機感を失って暮らすことはありえないと思います。

『人間の基本』

美老年になる道

全く本や新聞を読まない人も、心の老化の恐れがある。そういう人が年を取ったら、外面の若さは保っていても、内容が空っぽな人になっていて、とても美人とは感じられないかもしれない。

年を取っても美しい人たちに私はたくさん会った。それらの人たちは、何よりも勉強をし続けて、教養があった。だから会話の範囲も広く、立ち居振る舞いにも優雅さと緊張があった。それが年齢や美醜をこえた魅力になっていた。九十歳になっても、背負い籠をしょって、田舎の道を畑まで通う老女にも美しい表情があった。彼女は本も新聞も読まないが、社会の中で、自分の運命をしっかりと受け止めてきた人だった。美老年になる道は幾つかあるが、同時にどれも険しいとも言える。

『自分の財産』

多くの病気のよさは「治らない」ということ

新年になると、誰もが一年分だけ、高齢者に近づく。ことに七十五歳以上の年齢になると体に不調の出る人も多いから、真剣に老年との付き合い方を考えねばならない。

医療関係者でもない私が、軽々に言うべきことではないのかもしれないが、高齢者の健康は、どうも「お大事に」してはいけないようである。私は人から「お元気ですね」と言われるが、見かけほど健康でもない。膠原病があるので、微熱が出てだるい日には、腕一本動かしたくない怠け病に罹っている。

しかし高齢者の多くの病気のよさは「治らない」ということだ。だから薬も病院に通う必要もなく、すぐ死ぬこともない。その間に、人生の自由な時間を稼げる、というか、遊べる。

『さりげない許しと愛』

人は皆、病いと共に生きる

人は皆、多かれ少なかれ、それぞれの病いと共に人生を生きて普通なのだ。むしろ健康しか知らない人より、私たちは病気によって精神の陰影を与えられ、それによって少しはまともになる、という場合が多いのだ。

『この世に恋して』

「疲れやすい」という開放感

実は私は、若い時からすぐ疲れるたちだった。二十代には、ビタミンBの注射を自分で打っていた。そうでないと一日中眠たくてたまらない。そのうちにアメリカ製の総合ビタミン剤というものが手に入るようになって、それを飲むようになってから、私のだるさは解消したかに見えた。ビタミンBにも1、2、6、12などという区別ができた頃である。何が効いたのかわからないが、私はそれ以来、思い込みで元気な中年を生きた。

しかしこの、疲れやすいという自覚は私に一種の開放感をもたらしたことは事実である。疲れて動けなくなったら、私は自分の仕事を終わり、大げさに言えばこれで運命は決したと思えばよいことがわかったのである。つまり私の体が、私にその日一日の終息宣言をしていることになる。

『安心と平和の常識』

どんなときでも感謝を忘れない

おむつを当てた寝たきり老人になっていても、なお人間としての尊厳を失わない人がいる。それはどんなに辛くとも感謝を知っている人々である。

なぜなら感謝というものは一見感謝する人が下の位置におり、感謝される人が上位にあってその恩恵を与えているように見えるが、本当は立場が逆なのである。

なぜなら感謝するという行為は、感謝される相手に喜びを与えるから、力なく病んだ老人のほうがまだれっきとして与える側にいるのである。

『辛うじて「私」である日々』

年をとれば、それなりによくないことが増える

よく、「年をとるほど楽しい」とか、「若い時と同じくらい生き生きしている」とお書きになっている高齢者がいるが、私は全くそんなことはない。年をとれば、それなりによくないことが増える。

それでも八十代半ばの「生存者」としては、自分ではまだ始末がいいほうだと思ってはいる。自分のことはほとんど自分でできるだけでなく、家の「経営」全般の責任を負っている。

日々のものを片付け、冷蔵庫の中身の管理をし、五十年以上も経つ古家の、目に余る故障個所があれば、修理をしてくれる人を呼んで、見苦しくない程度の補修を頼む。昔の家だから少し庭があり、父母の代からの庭木が植わっているので、たまには植木の床屋もたのまなければならない。

それなのに私は毎日体がだるい。重いものを持てなくなっているし、長い距離も歩けなくなっている。

それらの結果には皆、理由がある。七十四歳の時、かなりひどい足首の骨折をした。非常に上手く治ったのだが、それでも怪我をしたほうの足首は、時ならぬ時に腫れたりする。口の悪い私の女性の友人は、

「そりゃそうよ。一度大事故に巻き込まれて、ぐちゃぐちゃに壊れた自転車は、完全に直しても新品の値段じゃ売れないのと同じことじゃないの」

とワルクチを言う。

八十歳の頃、不思議な不調が続いて検査を受けたら、膠原病の一種であるシェーグレン症候群という、「治りもせず死にもしない」病気が見つかった。しかしそれも幸運なことに軽いほうだという。時々微熱が出て、体が痛いのは、そのせいだ、となっているのは気が楽だ。目と口が乾く病気なのだが、その症状はあまりひどくない。ただ地獄に引き込まれそうにだるい。働きたくない、という訴えは、症状ではなく、持って生まれた性格のような気もするから、あ

まり気にしないことにしている。

だから若い時と、年を取ってから後と、全く同じという人の話を聞くと、異人種に見える。ことに、若い時と同じ体重を維持しているし、服も同じサイズのものが着られます、などという人の話を聞くと羨ましい。

体重だけで言うと、私は娘時代は百六十五センチの背で四十九キロだった。その後、長年五十五キロを維持して、一番太った時で六十五キロ、今は五十九キロと六十キロの間をうろうろしている。あまり痩せると、ますます体力がなくなるので、「腹八分目」どころか「腹十一分目」くらい食べている。

湯船に入ることをあきらめる日を、自分で決める

老人側にも、体の不自由になった場合に備えて、心の準備をする教育をしたほうがいい。人には決して強要しないけれど、私はいつか湯船に入ることをあきらめる日を、自分で決めようと考えている。

その代わりまるで電話ボックスのような形で、中にゆったりと座る場所もあり、上から経済的にお湯の降ってくるシャワーの装置がほしい。

その温かい滝の中に贅沢に何分か座って、サウナのような気分になり、清潔も保てる。何しろ途上国にはお湯を使う設備さえ持たない人がほとんどだから、季節に関わらず温かいお湯で心地よく体を洗えるなどということは、むしろ法外なぜいたくなのだということを、私は百ヶ国以上の途上国を旅しているうちに知ったのだ。

人を湯船に入れようと思うから人手も装置もかかる。しかし安全なシャワーなら、老人を毎日入れても、たいして介助を必要としなくて済む。

八十九歳の夫も、八十三歳の私も、今のところ自分の生活に人手を借りなくて済んでいる。親から健康なＤＮＡをもらったおかげだが、夫も朝起きれば居間と食堂の換気をし、暖房を入れる日課を果たしてくれる。

自分のことだけでなく、人の暮らしを快適にしようという思いやりがまだできるのだ。

「昼寝するお化け」『週刊ポスト』2015・3・13

健康保険を使わない愉しみ

歯を食いしばってものごとをやるという意志の強さは、あまり私にはないのだが、それでも老人には義務が残っていると感じる時はある。それは、自分一人のことだけは、それこそ歯を食いしばってでも自分でやり通して死ななければならない、という決意である。

もっとも自分に皮肉を言えば、決意は決意だけで実行を伴わなかった喜劇的な結末は今までにもずいぶん多かったのだから、これも当てにはできないのだが、それほど健康に問題はなくても、自分の暮らしさえ自立してやっていこうという覚悟のない年寄りも昨今多すぎる。

『想定外の老年』

体力は、「いつまでも」あるものではない

ごく最近になってだが、私は家中からほとんどの電気スタンドを追放した。私は視力に自信がないから、今後もっと長く生きたら、私の視力ももっと悪くなるだろうと覚悟している。

その代わりＬＥＤの一メートルもありそうな長い蛍光灯を、天井に何ヶ所か取り付けた。一灯が電気スタンド数個分の明るさだった。これでどこででも、本が読めた。床の上に電気のコードがのたくっている無様も解消した。このコードに年寄りは足を引っかけて転倒することもある。

家中がしかも隅々まで明るくなった。どこででも本が読めるなら、壁紙の染みが見えるようになることくらいどうでもいい。

今、私がこういう作業が成功だったと思うのは、私がこれらを比較的若いう

ちにやっておいたことだ。主に七十代である。

あまりに年取って、自分自身にひどい障害が出ると、もう自分がこうした設備の発注者になるだけの配慮もできなくなる。

体力というものは、いつまでも「今程度にでも」あるものだ、と思ってはいけないのである。

自分の幕の引き際を、自分の好みで決める

しかし人口の四分の一に達すると言われる数の高齢者に、食べさせ、入浴させ、排泄を手伝い、精神的な目標を持たせるために心の支えをせよ、と言われても、もはや絶対の人手不足で、そんな待遇はできない状態になるのは目に見えているだろう。

私が責めたいのは、長寿社会の実現に与《くみ》した医師や行政官の責任である。年寄りばかりになったら、どうしてその年寄りの面倒を見たらいいのか、ということは、「想定外」だったとは言わせない。

津波は予想できないが、長寿社会の出現は予測可能だったからである。

しかしこうなったからには、他人を責めている暇に、高齢者は、めいめいで自分の幕の引き際を、自分の好みで決めておくことが大切だろうと思う。

私自身は、安楽死も願わない。誰かを積極的に自分の死に立ち合わせることは、気の毒だと考えるからである。

『想定外の老年』

すべての現状は長続きしない

すべての現状は長続きしない。

子供の私が学んだのは昔からそのことばかりだった。

私がもし父母を病気で失っていたら、そのことから私は、幸福な家庭が一夜のうちに瓦解する苦しみを実感として学んだことだろう。

幸いなことに、私の両親は長生きしてくれたし、私は一人っ子だったので兄姉を失うという悲しみも体験しなくて済んだ。しかし私が十歳の時に始まり、十三歳の時に終わった大東亜戦争が、私に現世の儚さを味わわせてくれた。


『魂の自由人』

最悪を想定して生きる

戦争がいいものだった、とする理由はどこを探してもない。しかし戦争によって学んだことはある。それは世相は常ならずということだった。平和ももろい。生命の継続も偶然の幸運の結果である。家族のつながりも一時の夢かも知れない。個人の健康など、常に風前の灯である。

だから、私は今まで、常に最悪の事態を想定して生きてきた。子供の時は最愛の母を失うことを、結婚して家庭を持ってからはたった一人生き残ってしまうことを、何か契約をすれば相手が詐欺師であることを、そして何かを買えばそれが偽物であることを、いつも考え続けてきたのである。

その続きとして当然、自分の死を考えることも含まれていた。それは私にとっては大変日常的な行為で、少しも異常なことではなく、しかも他の、もしかすると起こらないで済むような予測とは違うのだから、私にとっては効果的な行為のように思えたのである。だからもう初老と言ってもいいような年齢になっても、「自分の死のことなど考えたこともない」とか、「そろそろ死について考えねばならないと思っている」などと言う人に会うと、私は正直なところ、この人は、死はいつでも年齢に関係なく、人に取りつくということを考えないのだろうか、と奇妙な気がしたものであった。

もちろんまだ間近でもない死を思うというのは損なことだ、という人もいる。ろくでもない将来を思うことは損なことだ、という考えも確かにあるだろう。しかし自分の身に起きなかったことを、あたかも起きたかの如くふるまえるのが俳優であり、あたかも起きたかの如く感じる訓練を積むのが小説家というものなのである。

同じ「信じない態度を貫く」にしても、未来を信じないのと現在を信じない、のとがある。同じ「現在を信じない」という姿勢にしても、現在のいい状態を信じないのと、現在の悪い状態を信じないのと、二種類の心理的傾向がある。

私は、現在の悪い状況は深く心に刻みつけるというやり方で信じ、現在のいい状況は、いつ取り上げられてしまうかも知れないこの世の幻として、あまり信じない癖をつけた。それは単なる幸運と思うことにして、深く信じたり、それを当然のことと思ったり、いつまでも続く、と期待したりしないことにしたのである。

よく世の中には、夫の地位が上がったり、会社が思わぬ発展を遂げたりすると、急に自分の生活のレベルを上げる人がいる。それが決して仮の状態だとは思わず、生まれてからその時まで自分がどういう暮らしをしてきたかも忘れて、すぐ贅沢な環境に自分を馴らしてしまうのである。

しかしほんとうに人間に必要なものは、そもそも最初から決まっているらしい。どんな大食いで食道楽でも無限に食べられるわけではない。二本の足は一度に一足の靴しかはけない。

あっという間に時間が経つのは幸福な証拠

早くも十一月。月日の経つのが早い、とことに高齢者は言う。しかしそれは幸福な証拠なのだ。何ごともなく、むしろ順調な生活をしているから、あっという間に時間が経つ。痛い時、辛い時、時間はなかなか経たない。私は足の骨を折った時、はずれた踵の骨に金串のようなものを刺して、それに錘《おもり》をかけて牽引する応急処置を受けた。怪我したところに金串を刺して引っ張ったらさぞかし痛いだろうと思うが、それで骨が元のところに納まって痛みが消えた。それなのにまだ手術前、その錘がはずれたことがある。そのとたんかなりの激痛がぶり返した。処置をしてくださるドクターを見つけるまで、たった四十五分だったのに、私には長い長い時間だった。飛んで行く時間は幸福の印である。

『私日記7　飛んで行く時間は幸福の印』

こまめに体を動かす

夫は健康と体の機能保持のために、六十代には毎朝ランニングに凝《こ》っていた時代もあった。私の知人で、八十代でも毎日一万歩歩くことを目標にしている人もいる。しかし私は毎日一万歩も歩く時間がない。その上、私はスポーツ嫌いで、運動というものを終生しなかったのである。その代わり家の中で、こまめに体を動かすことはしなければならない、するべきだ、と今でも考えている。

第五章

六十歳からの人生をいかす

終わりがあればすべて許される

人生の終わりになって、死を恐れる人は多い。宗教家の中にさえ死を怖がる人もいる、と非難する人もいるが、私は当然だと思う。むしろ「信仰があっても死は怖いですね」という人のほうが、自然で正直でいいと思う。

私はまだ死の告知を受けたことがないので自信を持って「私は平気です」などとは言えないのだが、それでも時々、万人が必ず終わりを迎えるのは平等だし、何より楽になるのだから、いいことだなあ、と思うことはある。終わりがあればすべて許されるのだ。他人の世話でも、性格の合わない人との同居でも、期限がはっきりしていればそれほど辛いことではない。自分の性格が悪くても、家族に「まあ何十年かの間、迷惑をかけます」と言えるのは、死があるからである。

『人生の原則』

「もういい」と納得する

人間のすべてのことは、いつかは終焉が来る。私は子供の時から毎日死を考えるような性格だったし、小説を書くことだけが好きだったので、おしゃれをして外出し、あまり知らない人たちと社交をすることはむしろ苦痛だった。旅は好きだったが、すでにもう自分でもよく行ったと思うほど、世界の僻地へ行った。私は何度もアフリカの大地に立てたことを深く感謝している。五十二歳の時、サハラを横断できただけで、途方もない贅沢ができたと感じている。怒涛荒れ狂う冬の太平洋は知らないのだが、贅沢で退屈なクルーズ船ではない貨物船の暮らしも知った。私はもう充分に多彩な体験をした、と自分では思っている。それが私の納得と感謝の種だ。つまり「もういい」のである。

『日本人の甘え』

寿命は天命に任す

人間は生き方において自分の行動に責任を取り、常に自分自身の人生の主人でいなければならないのはほんとうだが、寿命は天命に任さねばならない、ということだ。あらゆる動物はそのように生きているのだし、人間もまた動物としての運命に生きている。

人間だけ特別でいいということもない。

生も一人だが、死も一人だということだけは明瞭にわかっている。そういう運命になった時、別に自分だけが不幸なのではない、と自分に言い聞かせる叡知を若いうちから持つようになることだ。

『老いの備え』

自分の墓はどうする

墓は別に自分の名乗っていた家の墓でなくてはいけないこともないということなのだ。

人間は、生前、動物的な素朴な感情として、自分が生まれ育った土地に葬られたいという気持ちを持つことはよくわかる。しかし災害地の場合、たとえ被災地全体が土砂に埋まろうとも、村のすべての家が津波にさらわれた後であろうとも、そこは紛れもない自分の故郷の大地であり、海なのだ。

だから私は家族に言うだろう。「この村全体が私のお墓なの、この海全体が墓地になったのよ」と。

『人間の愚かさについて』

間引くということ

菜っ葉は、まだ若い頃に何度か間引きをしなければならない。種はあまり薄く蒔くと出ないことがあるから、或る程度は多く蒔くのだが、双葉から本葉が出た頃から密植を避けるために、何回かに渡って間引くのである。ところが畑を知らない人ほど、この間引きをしない。抜いてしまうのはかわいそうだなどというのである。だから、成長すべきものも、全体がいじけて伸びなくなる。

間引きというのは、考えてみるとすさまじい作業だ。「弱者の側に立って行動する」ことではなく、弱くて伸びそうにない命から引き抜くことなのである。しかしこの操作を経ずに、私たちの口に入る野菜はない。

昔は、淘汰という概念が普通に許された。強いものが生き残り、それによって、優秀な種が保存されるためであった。いわば、私たちは、弱いものが自らの命を犠牲にして保存した強者の系統の上に成り立った世界で生きているのであった。

昔は英語のセレクションという単語には「選抜」と「淘汰」の二つの意味があることを当然のこととして教えられた。しかし今では、「淘汰」という意味のほうは教えないのだという。世間は、現実から遠ざかっても、人聞きのいい訳だけを取ったのだ。

自らの命を捨てて、他者をいかすことを、植物の世界は認めている。しかし人間の場合は大方の人は許さない。誰のためといえども、犠牲になって死ぬのはいけないと教える。

しかし私が幼い頃から触れたキリスト教ではそうではなかった。もちろん親も学校も職場も、「あなたは人のために、時と場合によっては命を捨てなさい」とは教えない。しかし結果としてそのような生涯を貫いた人の人生は、みごとなものだったのだ、と承認することをキリスト教は教えてくれた。


『出会いの神秘』

病人、老人、障害者であることは「資格」ではない

現在、世間は病気や老齢や障害を、過度に甘やかしている風潮がある。病人、老人、障害者であることは「資格」ではない。むしろそうした人々は、甘やかされることによって不当な差別を受けているのである。

つまりその人は「受けもするが同時に与えもする」健全な成人・壮年の精神状態であるにもかかわらず、もっぱら与えられることだけに馴らされて、与える機会を奪われ、それによって人間としての尊厳を剥奪され、弱者のレッテルを貼られているのである。

『人生の収穫』

一人で人間をやり続ける年月をいかす

あらゆる職種が、その仕事に適した年齢、限界の年齢というものを持っている。しかしその後の長い人生を「人間として」生きる。

この部分が実は大切なのだ。余生などという言葉で済むものではない。

この、一人で人間をやり続けるほかはない年月に、人はその人の本領が発揮できるのではないかとさえ思える。

『老いの僥倖』

死ぬ前には、身の回りの始末をする

死ぬ前には、身の回りの始末をしていくべきだ、と人は言い、私も自分は実行しているかのように言っている。

確かにピクニックに行っても、私たちは帰り際には、ゴミを拾って帰りなさい、と子供の時から教えられるのである。つまり自然が優位を占める所では、人間がそこへ行ったという痕跡を消してきなさい、ということだ。

人は常に矛盾した目的を持つ。最近、自然を保とうという運動が盛んだが、自然を保つということは、開発をしないことだ。

しかし私はやはり便利さもほしい。道路は舗装されていなければ、長雨が降り続くと移動もできないし、川に橋がなければ、向こう岸の人と遭うこともできない。

だから私たちは、同時に矛盾した二つのことを求める性格を持っているとも言える。死の前に、すべてを捨てておきたい、という思いと、それでも今日明日にも、まだ自分のけちな欲望のために、世界を拡げておきたい、物も持っていたい、という意欲との間で闘うのである。

いつも私は、「捨てるのが得意なのよ」などと言っている。事実、押し入れの襖が膨らみそうになるほどの物を溜めたこともないし、記念の写真や大切な手紙なども、いつか焼いてしまうのが当然と、常に心理的な始末をつけている。

しかし現実に、自分が生きた痕跡さえ残さずに現世を去ることは、無理なのだ。

人は生きている間は、必ず人の世話になり、迷惑もかけ、時々はその人のために働くこともできる。

私の周囲には、膨大な量の或る物を整理して行かねばならない運命を持つ人がいる。それはその人自身の研究の成果を出すことだったり、その人の父が残して行った芸術的な作品をどこに集めて誰に管理してもらうかを決定することであったりする。業界のまとめ役をしている人は、個性の強い人たちの共通の利益のために、「同じ行動をとってもらうこと」を何とか納得させようとしている。彼自身が舵取りの役をしなければならなかったのである。

それらを果たして死にたい、という思いは誰にでもある。

そしてその執着が、その人の最期の寿命を延ばし、遺業として残せる範囲の体裁をとれるようにすることもある。執着は決して悪いことではない。

第一人間は毎日生きるべき目的を持っているほうが楽だ。たいした事でなくていい。冷蔵庫の野菜の保管庫に眠っている野菜類を、今日のうちに煮て食べてしまおう、という程度の目的で暮らしている女性は、私をはじめとして世間にたくさんいる。しかしそれでも目的としては立派なものなのだ。

残りものの野菜をそれでもお惣菜として使うということは、それなりに積極的な行為だと言える。不用品になりかけているものを救うという仕事は、何ら積極的な意味を持つ行為とは言えないような気もするが、実はそうでもない。

手の届く範囲にある品物を生かして暮らすということは、建設的作業なのだ。

もっぱら物を買う（つまり増やす）趣味の人もいるが、私のようにそれと同じくらいの情熱で物を捨てる（つまり減らす）ことに熱心な人もいる。
その場合も、捨てる代わりに何かを得ようとしているのである。

『納得して死ぬという人間の務めについて』

「老人教育」は具体的に

とにかく私も学ぶのは好きだ。とは言っても私は学校秀才ではないから、むずかしく学問を学ぶのは敬遠している。

しかし先日も、病院の待合室で備え付けのテレビを観ているだけで、お料理に使える二、三の有効な方法を習った。得をしたような気分である。

しかしその点で遅れているのは、「老人教育」である。昔から生涯教育という言葉があり、私など今年で丸六十年書き続けてきたのだから、とぼとぼながら独学の生涯教育を続けてきたわけだ。

しかし老人教育読本に載せるような内容は、もっと具体的なことだ。

たとえば、人は壮年期に、多くの人が一軒家をつくる気持ちになる。部屋も広くなり、犬も飼える。花も植えられる。しかしどこにその家を買えばいいのかということは教えてくれない。

誰でも夢のあるすてきな家をつくりたがるのが当然だ。しかし坂道のある丘のどこかの、景色のいい場所に家をつくると、まもなく三、四十年ほどで老年期が来る。すると坂道というものが、実に大変なものだということがわかってくる。

つまらない場所でも平地がいいのだ。とぼとぼと歩いても、平地なら行き着ける。

これも実はむずかしいことだが、できれば平屋がいい。二階に上ることができなくなり、二階はほとんど物置になっているという人がたくさんいる。しかしこれもお金がかかることだから簡単に言えない。

同様にもしお墓参りということをしたい家族なら、「〇〇家の墓」は墓苑の下のほうの平地の部分がいい。坂を登ったところにある墓地は、まもなくそこへお参りに行けなくなる。屋内のお墓というものは、その点雨でも平気、暑さ寒さに関わらず年寄りも気楽に墓参ができていいとこの頃私は思う。

家の中でも、高い所と低い所にある棚や引き出しが使えなくなったという人も珍しくない。

引き出しはことに固いと開けられない人がたくさんいる。

だから温泉宿の脱衣所の棚のようなオープンな収納場所が、一番楽なのだ。


「昼寝するお化け」『週間ポスト』2015・3・13

一番大事なものから順にやっていく

　自分がやりたいと思うことでも、何もかもできるわけではありません。時間も限られていますから、あれもこれもやらなきゃと思うと、ストレスが溜まるばかりです。時間を有効に使うためには、生活に優先順位をつける必要があるでしょうね。

　私はそれを二十代の時に、取材でごいっしょした新聞記者に教わりました。旅客機を乗り継いで世界を早まわりするという企画で同乗したのですが、その記者は次の空港に着くまで、非常に多くのことをしなくてはいけない。でも、全部は間に合わないことは目に見えているんです。

　その時、その方が「一番大事なものから順にできるところまでやっていって、あとは残っても気にしない」と、おっしゃったんですね。これは人生の一つの生き方だなと思いました。

以来、私は、常に一番必要なことから順序をつけてやっています。その日できるところまでやって終わりにすることにしたんです。

年を取るにつれてそれがだんだんうまくなり、やり残しがあっても気になりません。

優先順位を五つくらい決めて、高い順に二つくらいできればいい。三つできたら、すごく幸せで、残りはだいたい無理、という感じで生きてきてますね。

自分独自の価値観を持つ

ほんとうに一文にもならなくても、知識は「人生の収穫」だとしみじみ思える。飼ってもいない犬の躾に関するテレビを見て、犬の種類を少し知るだけで、或る日こんなふうに退屈ということを知らない時間も過ごせるようになるのだ。

「人生の収穫」と言えるものを得るためには、多くの場合（すべての場合とは言わないが）世間の常識にいささか刃向かっても、自分独自の価値観を持ったほうがよさそうだ。それが庶民の暮らしの中で到達し得るささやかな自由の境地なのである。

『人生の収穫』

人は最期の瞬間まで、その人らしい日常性を保つ

世の中がいつの間にか大きく変わった、と思うことがある。

その一つはボランティア活動が普遍的になったことである。常にむずかしさがないわけではないが、ボランティアの研究会などに行くと、驚くほどたくさんの人が集まっている。一昔前なら、知人にこっそり親身な世話をする人はいても、見ず知らずの人に組織を作って尽くすなどということはしなかった。この変化は実に自然でいい。多くの人が一度やってみると、人に喜ばれることは楽しいものだ、と気づくのである。

もう一つの大きな変化は、癌などのむずかしい病気を当人に告知するのが、ごく普通になったことである。昔は当人にはひた隠しにするのが普通だった。看病する家族は心にもない嘘をつき続けるのに、ひどく苦労したものである。

しかし今では、病人を囲んでその人のいなくなった後のことも相談し、残された日々をできる限り自由にさせている病院やホスピスが、私の知る限りいくつかある。

先日一人のドクターから、いい話を聞いた。その末期癌の病人は、娘が夫と転勤した土地で新たに作った家のことがしきりに気になっていた。できれば行ってみたい。しかし今までの常識的な医療体制の中では、とてもその地方まで旅行することは許されない。

しかし主治医は「行っていらっしゃい。行けますよ」と言ってくれた。もちろん詳しいことは私にはわからないけれど、痛み止めなどできる限りの方策は用意して出たのであろう。

とにかく喜びは人に元気を与える。病人は、娘の家で幸せな数日を過ごした。恐らく孫とも話し、家族で食卓を囲んだであろう。もはや一口も食べられなかったかもしれないが、家族の団欒とは実際に食べる食べないではないのだ。

その人は病院に帰った翌日に亡くなった。

そこにあるのは「よかった」という思いだけである。「何てすばらしい最期の日々だったのだろう」とその話を聞いた人は思う。娘の家に行くのはそもそも無理なのに、主治医が許可したから病人は死期を早めた、などと訴えたりは決してしない。それどころか、主治医の勇気ある決断に感謝を惜しまないのが家族の人情である。

音楽の好きな私の知人もがんを患っている。体力は落ちているが、音楽会に行きたい、という思いは抜けない。

「いらっしゃいよ」と私は言っている。少し痛み止めが効いているからぼんやりしている、とその人は不安がるが、眠くなれば眠ればいいのだ。万が一、音楽を聴きながら死ねたら、最高の死に方だ。人は最期の瞬間まで、その人らしい日常性を保つのが最高なのである。

年寄りはいたわって当然なのか

いつか私は或る老人クラブから、講演をしてくれと頼まれた。その人はこう言った。

「我々はみんな年寄りだもんで、謝礼も幾ら幾らしかお払いできないんですがね」

普段私は講演料を自分で引き上げる工作などしたことはない。講演料というものは、一体幾らもらったら妥当なのか、相場があってないようなものだから、相手がおっしゃる通りでいい、と考えをさぼっているのがほんとうの理由である。今まで、何百回かの間にたった二回か三回普通の半分か三分の一くらいの非常に安い講演料を提示されて、「それは少し常識はずれですが」と言ったことはあったように思うが、それでも私は講演をやめるとは言わなかった。

しかしその時、その老人クラブが提示した額は、「相場」の——というのは、地方自治体が不思議なほど全国レベルを揃えて言ってこられる額——の二十分の一以下だったのである。

私は珍しく「それでは伺えません」と言った。すると、相手は明らかに非常に不服だという声を出した。つまり年寄りなのだから、私は承知すべきだ、と言わんばかりの感じであったし、年寄りはいたわって当然という非難の響きもあった。

しかしもし年寄りを疎外しないのだったら、壮年に許されないことは、老年にも許されないのである。私たちの生活の中で、お金の工面がつかないことはよくあることだし、それは少しも恥ずかしいことではない。

金がなければ私たちはどうするか、というと、金を作るように努力するか、さもなければ、その計画をあきらめるのである。それが人間に共通した平凡なやり方である。

若年や壮年にとって、あきらめることが当然なら、年寄りにとってもまたそうであらねばならない、ということをはっきり口にすることを、また世間はあまりやりたがらない。

年寄りの希望くらい叶えてあげればいいのに、という人が必ずいるからである。

しかし私は誰にせよ、甘えというものがどうにも好きになれなかった。それは、自らを弱者として扱ってくれ、と差別を要求しているのと同じだ、と思うからなのである。

しかし私は世の中の老年に対しては、やはり尊敬の心を持って接して行きたいから、私はその講演を断ったのである。


『狸の幸福』

厳しい生活は死ぬまで続く

高齢者は、だんだん体力もなくなり、病気が増えるんですから、いたわるというのは原則です。

しかし、年金、健康保険、介護保険などの制度が整ったからといって、「その権利をフルに活用しないと損だ」と口にする人がいます。

私はそうなりたくない。

できれば健康でいて、自分が使える健康保険のお金は使わずに、体の弱い方に回したいんですけどね。

高齢者という存在は、「資格」じゃないんです。その上に乗っかって楽をしようという姿勢は美しくないです。

高齢者も普通の人間ですから、生きている限りは毎日働かなくてはならない、と私は思っています。

昔から、「お爺さんは山へ柴刈りに、お婆さんは川へ洗濯に」と物語は始まっているでしょう。そのような厳しい生活が死ぬまで続くのが、人間の生き方として普通なんですよ。

もちろん日本が豊かになったからこそ、年寄りを甘えさせることができるわけで、ほんとうにありがたいことだと思って、基本的には私も感謝しているんです。

『週刊ポスト』2014・3・21

どんな体験にも使い道はある

私の父母は仲の悪い夫婦だった。

その時も、母は家出をしていた。

私が中学一年生くらいの時だ。私は母の行先だけは知っていたのだと思うが、母のいない時に限って私の足の裏の魚《うお》の目《め》が膿みだした。家にある薬を塗っておいても、膿み方はだんだんひどくなる。私は仕方なく一人で近くの外科病院に行った。そして直径一センチ五ミリ以上はあったと思われる魚の目を「えぐり出す」処置を受け、約三百メートルほどの距離を一人で、靴は片足だけはき、包帯で靴がはけなくなったほうの足はソックスの踵《かかと》だけで歩いて帰ってきた。

当時は戦時中で、その辺にタクシーもなければ自家用車を持っている人など一人もいなかった。

母がいないので、支えて歩いてくれる人もなかった。帰って見ると包帯は血まみれになっていた。この小さな事件を、みじめな記憶だと私は思わなかったようだ。そうだ。やってみれば一人で何とか生きられることも多いのだ、という輝かしい小さな勲章と受け取ったのだろう。

あの時代と今は雲泥の差だ。

七十四歳の骨折の後は、軽い金属でできた便利な松葉杖で、私は付き添いなしに日本中どこへでも出かけた。雨の日用のフードつきのレインマントのような便利なものも戦前にはなかった。

駅にエスカレーターかエレベーターのあるなしだけが気懸かりだったが、仕事で出かける地方の大都市には、その頃でもすでに障害者が自立できるような便利な設備があった。

私が後期高齢者直前の怪我でも、そうして精神的にのんびりと受け止められたのは、幼い時に多分子供なりの小さな人生の「修羅場」を潜りぬけてきたからだろう。だから私はいつも何とかなる、と思っていられたのだ。

子供の時、穏やかな恵まれた家庭に育ち、苦しい記憶もなく、親に充分に愛されて暮らした人には、それなりに善意で人生を受け止める姿勢があって、私は惹かれる。
しかし苦労子供《くろうにん》にも、その体験の使い道はあるのだ。要は、何でもおもしろがれる余力を残しているということなのだ。

「昼寝するお化け」『週刊ポスト』2015・3・13

最初にあきらめる

私は何に関してもまず、最初にあきらめるということを、遠い一つの選択に置いてやっています。ほかのことはうまくないけれど、あきらめだけはいい。意識的に、ずっとあきらめることに自分を慣らしてきましたから。

スポーツ選手は、「あきらめない」姿勢が称賛されますが、人間の生涯というのは、「あきらめざるを得ない」ことのほうが圧倒的に多いし、世の中のことはたいていあきらめれば解決する。だから私は、あきらめが悪い人というのはかわいそうだなと思っています。

過ぎ去ったことについても、あきらめきれない人がいるでしょう。

たとえば、「やっぱり、あの人と結婚しておけばよかった。親に勧められて今の夫と結婚しなければ、もっと幸せになれたのに」などと未練を持つ。

でも、あの時、あの人の立派さがわからなかったから、結婚をしなかったのでしょう。親に勧められたといっても、それに従ったというのは結局、自分が今の夫を選択したわけです。

皆それぞれに考えて、選んできた。その時、のっぴきならない事情があったとしても、その道を自分で選んだのだからしょうがない。それに何をどうしようと、この世のことは時間的に巻き戻すことはできません。

私は、どの店でお昼ご飯を食べるかというような小さなことは人任せでしたけれど、人生に関わる大きなことは全部自分で決めました。自分の一生ですから、人に任せるのは卑怯だと思ってきたからです。

その時々、それを選択した理由があります。だから結果がどうあっても、私は「しょうがないな」と納得してあきらめる。そういう失敗も含めて、私の人生だと思っていますから、とくに悔悟しません。

「お一人ですか?」のほんとうの意味

この点に関して、私は今でも一年に何度も大人気なく怒っている。地方に講演などででかけると、決まって「お一人ですか?」と聞かれるのである。私はそれを最初はずいぶん善意に解釈していた。実は私には秘密の情事があって、その人とこっそり示し合わせて出張を使っていらっしゃるのでは?と聞かれたのかと勘違いしたのである。しかし数秒後に、お一人というのは、付き添いはいないのかということで、八十歳を越した私の年では、常識的に言うと「お供なしで」一人で旅行などしないしさせないものだ、と相手が考えていることがわかるのである。東京の私の友人の年寄りたちは、いつでも一人で歩いているのに、いまだにそういう会話が社会で通用している。

「お一人ですか?」という科白を聞くようになったのは、多分五十代からで、その年なら秘密の男を同行することもまだ十分に似合う年だったのかもしれないと私は思うのだが、実は常識的に言うと、五十代というのは、会社なら十分に偉くなっていて、必ずカバン持ちの秘書を同行する年と認められたのだろう。

そんな甘やかすようなことをするからぼけるのだ、と私は毎回、心の中でアクタイをついている。荷物も切符も、秘書や娘に持たせ、電車に乗ると席を教えてもらってそこに坐るだけで、切符の管理もしない。「お茶を買っておいてね」と言うだけで、そのために小銭入れも自分では出さない。こんな偉そうな年寄りはぼけて当然だ。新幹線の切符で途中下車すれば、乗車券だけは機械から飛び出てくるから、続けて持っていなければならない。場合場合によってもっと複雑な計算をされた切符もある。そういう小うるさい管理義務も果したことがなく、改札口を出れば数メートル先の邪魔な地点で立ち止まり、どっちへ行くのかはお供の示す方角次第という老人をよく見るが、あれがつまりぼけをもたらす過保護の姿だ。

もし介護保険もなく、世話をしてくれる同居の息子夫婦もいなければ、老人といえども楽をしてはいられない。足を引きずって近所のコンビニまでも「食料」を買いに行かねばならないし、その時、小銭入れの管理もしなければならないし、ゴミも出さねばならない。どんな老人でも、人は生活の真っ只中にいなければならないのである。

ぼけない方法なるものの中に、あちこちで腹立たしい方法が目につくようになった。「歩く途中に感動しろ」というのもある。人間が感動なしに歩いているのはむしろ異常だろう。私はよく今要らないものでも記憶しながら歩け、と自分に命じている。どこに何があるか、今の自分には全く要らない機能でも、ちゃんと見ながら歩くのだ。どこにATM、ガソリン・スタンド、弁当を買えるコンビニ、自分がかかる必要のありそうな医院、孫が探していたような塾、手洗いがあるか。どこの坂を登ったら緩やかかそれともきつい階段があるか。その時通りかかる人という最も感動的な登場人物が加わるのも、当然のことである。

『風通しのいい生き方』

人生はとうてい計算できない

人間の心身は段階的に死ぬのである。だから人の死は、突然襲うものではなく、五十代くらいから徐々に始まる、緩やかな変化の過程の結果である。客観的な体力の衰え、機能の減少には、もっと積極的な利益も伴う。多分人間は自然に、もうこれ以上生きているほうが辛い、生きていなくてもいい、もう充分生きた、と思うようになるのだろう。これ以上に人間的な「納得」というものはない。だから老年の衰えは、一つの「贈り物」の要素を持つのである。

『人生の第四楽章としての死』

生きることは、僥倖とも不運とも隣り合わせ

そもそも生きるということは、僥倖とも不運とも隣り合わせにいる状態だ。荒っぽい言い方をすると、命を落とすような大きな不運に遭遇することもめったになく、たいていの場合、人間はほろ苦い体験をするだけで生き延びて帰ってくる。

同行者に腹が立ったとか、財布を落としたとか、お腹を壊したとか、暑くてへこたれたとかいう程度の文句はついて回るが、それらはどれも決定的な不運ではない。その程度の代償を払ってこそ、私たちは人とは違う体験ができるのだから、最初からそれを避けようとする人とは、基本的な生き方が違うのだ、と私は感じるのである。

私はサハラ砂漠の深奥の部分や、アフリカの貧しい修道院で、共に寒さに耐

えながら持参の寝袋の中で寝たのだが、そのような夜こそ、生の実感が体の周辺を満たすことを教えてくれた。実感には善悪・良不良の差がない。個性の違いが、心と体の自由を握っている。

しかしそこに権力欲や出世欲や金銭欲などが強烈に絡むと、もうこの自由は失われる。

幸せとは何か

幸せというものに関して考え違いをしている人がいる。幸せは外部から客観的に整えられる条件で、お金があれば幸福、なかったら不幸、という図式的な考え方である。

しかし幸せを感じる能力は実は個人の才能による。しかもその才能は、天才的な素質でも学歴でもなく、誰にでも備わっている平凡な、しかも自分で開発可能な資質なのである。

ものにもお金にも基本的には不自由せず、しかも健康にも恵まれているのに、不平不満ばかり言っている人に私はどれだけ今まで会ったことだろう。

ものもお金もあればあるのが当然になるから、人はもっとほしがるか、そういう人は持ちえない自由や冒険をほしがって強烈な欲求不満に陥る。

今の日本に暮らしながら幸せを感じられない人というのは、どこか幸せを感じる機能が壊れていると思う。

まず第一に、日本は平和である。毎日のようにどこかで破壊的な爆発が起きていることもない。

愛する人が戦場で死ぬ可能性もない。普通に暮らしていても、明日も多分生きていられる、という予測が可能だということは、やはり大きな幸運と言わねばならない。

身の丈に合った暮らしをする

私は最近「身の丈に合った暮らし方」がますます好きになった。それも年を取ったおかげである。自分がどういう暮らしをしたら幸福かが、実感としてわかるようになったからだろう。

私もこざっぱりした服を着たり、少し趣味のいい小物を身近に置きたいとは思う。しかし多くは要らない。私はいわゆるものもちがいいので、気に入ったものを磨いたり修理したりして長く使い、その結果、ものが増える傾向にある。すると必要な時に、適切なものが取り出せない。

蛇でもタヌキでも、恐らくねぐらの穴の寸法は、自分の体に合ったものがいいのだろう。大きすぎても小さすぎても、不安や不便を感じる。この「身の丈に合った暮らし方」をするということが、実は最大の贅沢で、それを私たちは分際というのであり、それを知るにはやはりいささかの才能が要る。分際以上でも以下でも、人間はほんとうには幸福になれないのだ。

『人間の分際』まえがき

「献体する」という望み

「もし、それができたら、私は最低限、人の役に立てると思ったんですよ。献体すれば、まず角膜は使えるでしょう。臓器はもう年ですからね、お使いくださいったって断られてしまうでしょうけど、角膜はいくつになったって大丈夫なんですってね。実は私をかわいがってくれてた伯母が眼が見えなかったんですよ。それを思ったら、私の角膜が使えるってことは大きなことだと思えてきましてね。まだいつ死ぬかわからないのに、なんだかふっと明るい気がしてきたんですよ。よく当人が献体してくれって言ってたのに、遺族が反対してだめになるっていうことがあるそうですから、そういう時には、曽野さんも私の望みがそうだった、ってはっきり主人に言ってくださいね」

『心に迫るパウロの言葉』

健康に有効な二つの鍵

私の体質に有効な、健康を保つ二つの鍵は、まず食べすぎないことと、夜遊びをしないことである。めったにない旅だから、夜も仲間とお酒を飲んで遊びたい気持ちもわからないわけではないが、夜遊べば昼のバスの中で居眠りばかりすることになる。車窓から町を見ないのなら、なんで外国へ行くのだ、と私は思う。だから私としては珍しくストイックになって、夜の遊びはしない。朝は早く起きて、アフリカのこのうえないすがすがしい早朝の光を楽しむ。

お腹は十分に空腹を感じてから食べるのが原則だ。こちらのほうはしばしば食べすぎて後悔する。時々水を飲み、リュックに潜ませたしょっぱいお摘みを食べる。汗をかくから、水分と塩分の補給が必要なのだ。しかし日本では、塩は摂らないほうがいいということばかり言われているから、塩分を補給しないといけない、などという知識が一向に生きていない。

年を取るということは実にすばらしいことだ。

雑学も増える。少々危険な所へ行っても、もうそろそろ死んでもいい年なのだから、自由な穏やかな気分でいられる。

冒険は青年や壮年のものではなく、老年の特権だという私の持論はなかなか人には納得されないが、私はおかげでおもしろい生活をし続けている。


『自分の顔、相手の顔』

どの土地の上にも人は生まれ、死んでいく

この地球が生成されてから今までの間に、いったいどれだけの人間がこの地球上で生まれ、死んでいったかということは計算されていないのだろうか。私は読んだことがない。しかし、間違いないことは、どの土地の上にも人が生まれ、暮らし、そのどこかで死んでいって、そして、そこに埋められたということだ。よほどの高い山の頂上とか激しい渓流の中などは、人間の墓地として適当ではなかったと思われるが、それでもインドの拝火教（ゾロアスター教）徒の間には、鳥葬という制度がある。

人が死ぬと、その遺体は人里離れた山に運ばれ、そこに特殊な遺体処理人がいて、ハゲワシのような鳥が食べやすいように遺体を切り刻んで置いてくるのだという。一度私はボンベイで雇った非常に賢い女性の通訳と話をして、彼女

がイラン系の人で拝火教の信者であり、死ぬと鳥葬によって葬られるのだと聞いたことがある。

そして、彼女は、「それを思うと怖いよ」と私に言ったのだが、「自然に還るという意味だったら、日本人が遺体を火葬にして地面に埋めるのだって同じじゃない」と言ったことを覚えている。今さら言うまでもないことだが、私たちは誰もが同じようにどこかで生まれ、どこかで暮らし、どこかで死ぬのである。

事故で亡くなる人は悲惨な最期を遂げるように見えるが、人間の死はどこで死んでも似たようなものである。

むしろ違うのは、その人がどのように生きたかということだ。私は高尚なことは考えられない。ただ、その人が生前、暑さ寒さに苦しめられず、着るものと食べるものがあって、そして、家族や友人の愛の中で生きたかどうかだけが気がかりである。衣類も食料も、実はそんなに贅沢でなくていい。

自分の死を「たいしたものだ」と思わない

私は追悼の式もやりませんし、普通の葬式をやって終わり。「早く終わりにしちゃいなさい」と伝えてあります。

私は自分の死を「たいしたものだ」と思うことが嫌なんです。ただ、死んだ後にゴミ箱に捨てるわけにもいかない。だから、近所の教会で、簡単にやってもらえたらいい。それと、記念になるものは一切、残さない。

間違っても、文学館なんて作ってはいけない。文学碑もダメ。ああいうもので、自然の景観を破壊したらダメなんです。文学なんて、研究もしなくていい。少なくとも、私の文学は研究しなくていい。


『夫婦のルール』

運命に流される

どのような作家になるか、ということも、実は自分で決められるようでいて全くそうではない。自分で自分を駆《ぎょ》すことができない、という思いに駆られることは始終である。

考えてみれば、運命に流される、ということが私にとっては非常に重大なことであった。それは努力して運命の流れに逆らうという一見正反対の姿勢と、ほとんど同じくらいの重さで人生にかかわっている。そしてこの二つの行為は決して矛盾してはいない。

もし自分の努力が必ず実る、ということになったら、人生は恐ろしく薄っぺらなものになるだろう。うまく行ったら、私は途方もなく思い上がり、失敗したらまさに破滅しそうなほど自分を責めるかもしれない。努力と結果が結びつかない、というところに、救いがあるのだし、言い訳もなりたつのである。因果関係は必ずしもはっきりしない、というところで、世界はようやくふくよかなものになったのだ。

人間は、不幸にも幸福にもなれる

だから人間は、どんな境遇になっても不幸なのだ、とも言える。食べていけなければ、人間の基本的な安心は失われるが、生活が豊かでも、ほかの不満が必ず起きる。しかし同時に、どんな生活でも受け取り方次第では幸福なのだ。

今晩食べるものが見つかったというだけで、貧しい家族は笑顔になれる。パン一個を買うお金を手にした日の幸せは、豪華な食卓につけるお金持ちなど、全く味わえないほど偉大なものだ。

明日のパンはなくても、とにかく今晩の食卓に食べるものがあれば幸福そのものなのだ。


『なぜ子供のままの大人が増えたのか』

他人を責めず、ばかにしない

私たちは自分を生かすために、自分は正しくて人は悪い、自分は能力があって人はだめだ、と思わなければやっていけないところがある。あまり、自分に厳しいと、絶望して、自殺したくなったりするからである。

よく世の中に、自制心や自己批判のないと思われている人がいて、他人はそういう人を顰蹙《ひんしゅく》するが、その手の人にはまた独得の良さが必ずある。それは、自分も少々おかしい代りに、他人も責めず、ばかにしないということである。

『愛と許しを知る人びと』

人は与える立場にならないと、決して満たされない

仕事がないことの弊害は、単に暮らし向きに困る、といったことだけではありません。もっと大きいのは、心が満たされないことです。

今は、何らかの事情で生活苦に陥った人が働かずとも食べていけるよう、社会保障制度が整備されてきました。それ自体は望ましいことです。

自分の落ち度ではないのに、いや落ち度があっても、生きていけないような苦境に立たなくて済むよう、社会が見守ってあげることは大切です。

しかし、受ける側から見ると、用心しなければならないことがあります。それは、望むものを与えられることだけに、自分の興味や意識が集中すると、むしろ不満が噴出してくることです。

人間の心というのは、自分が与える立場にならないと、決して満たされはし

ないものなのです。社会的制度が整えば整うほど、国民は「自分たちは社会から与えられるべきである」という権利を声高に叫ぶようになり、心の空洞化が進むのです。

人生の基本は一人

人間がどんなに一人ずつか、ということを、若いうちは誰も考えないものである。身の回りには活気のある仲間がいっぱいいる。

死ぬ人よりも、生まれる話のほうが多い。

しかし、どんな仲のよい友人であろうと、長年つれそった夫婦であろうと、死ぬ時は一人なのである。このことを思うと、私は慄然《りつぜん》とする。人間は一人で生まれてきて、一人で死ぬ。

生の基本は一人である。それ故にこそ、他人に与え、係るという行為が、比類ない香気を持つように思われる。しかし原則としては、あくまで生きることは一人である。

それを思うと、よく生き、よく暮らし、みごとに死ぬためには、限りなく、自分らしくあらねばならない。
それには他人の生き方を、同時に大切に認めなければならない。その苦しい孤独な戦いの一生が、生涯、というものなのである。

『人びとの中の私』

もし人が死ななくなったら

死ななくなったらどんなにいいかと考えるのは本当に浅はかです。地球上に人が増えすぎるのだということは別にしても、死ななくなったら、ほとんどすべての人は、精神の異常を来《きた》すでしょう。永遠ということは退屈を越えて、拷問だからです。

あらゆる病人はひどい病気のまま永遠に生きなければなりません。それも辛いことですが、七、八十年頑張ればいいのではなく、永遠に仕事をしなければならないということになったら、人間の意欲も才能も続きっこないに決まっています。

『ブリューゲルの家族』

死ぬ日まで、私たちは人々の中で生きる

もう或る年齢に達した人たちにとって、月日の動きはさしたる問題ではない。生も死も、いつ来ようと遅れようと、たいしたことではない。ただ日々が、できれば愛の感覚で満たされていたほうがいい。

そして愛とは何かというと、いつか古い『カサブランカ』というモノクロの映画を観た時、名訳を知った。

映画の字幕なのだが、言葉の選び方が実によくできていたのである。愛とは「見守ることだ」と書いてあった。相手を自分の力で変えさせることではない。ただ見守ることだという。船は船客を見守っている。

もし私がこうした船にずっと住む人になったら、私は日々が少しでも愛で包まれていることを目的とするだろう。

もはや、大きく期待することも、求める相手もいない。静かに時を待って、この世から消えるだけである。しかし日々は確実に巡ってくる。死ぬ日まで、私たちは確実に人々の中で生きるのだ。だからそこには愛があったほうがいい。

『私の漂流記』

出典著作一覧

『毎日が発見』2018・1 KADOKAWA
『酔狂に生きる』河出書房新社
『人生の第四楽章としての死』徳間書店
『伊勢新聞』1978・1・10
『至福の境地』講談社
『老いの冒険』興陽館
『清流』2011・6 清流出版
『旅は私の人生』青萠堂
『人間にとって成熟とは何か』幻冬舎（幻冬舎新書）
『別れの日まで』新潮社（新潮文庫）
『人生の原則』河出書房新社
『自分の財産』扶桑社（扶桑社新書）
『風通しのいい生き方』新潮社（新潮新書）
『私日記8　人生はすべてを使いきる』海竜社
『働きたくない者は、食べてはならない』ワック
『日本財団9年半の日々』徳間書店
『不幸は人生の財産』小学館

『人生の醍醐味』扶桑社
『言い残された言葉』光文社（光文社文庫）
『老いの才覚』ベストセラーズ（ベスト新書）
『老いの僥倖』幻冬舎（幻冬舎新書）
『生身の人間』河出書房新社
『人間の基本』新潮社（新潮新書）
『日本人はなぜ成熟できないのか』海竜社
『人は怖くて嘘をつく』扶桑社（扶桑社新書）
『近ごろ好きな言葉』新潮社
『生きる姿勢』河出書房新社
『納得して死ぬという人間の務めについて』ＫＡＤＯＫＡＷＡ
『毎日が発見』２０１７・８ ＫＡＤＯＫＡＷＡ
『婦人公論』２０１４・３・１５増刊号 中央公論新社
『老境の美徳』小学館
『愛と許しを知る人びと』新潮社（新潮新書）
『幸せは弱さにある』イースト・プレス
『私日記６　食べても食べても減らない菜っ葉』海竜社
『人生の持ち時間』新潮社（新潮新書）
『国家の徳』扶桑社（扶桑社新書）
『人はみな「愛」を語る』青春出版社

『夫婦のルール』講談社
『人生の値打ち』ポプラ社（ポプラ新書）
『人間にとって病いとは何か』幻冬舎（幻冬舎新書）
『50代から人生を楽しむ人、後悔する人』PHP研究所
「私日記195」『Voice』2016・4 PHP研究所
『中年以後』光文社（光文社文庫）
『人生の退き際』小学館（小学館新書）
『平和とは非凡な幸運』講談社
『老いのレッスン2』佼成出版社
『私日記2 現し世の深い音』海竜社
『私日記7 飛んで行く時間は幸福の印』海竜社
『曽野綾子の人生相談』いきいき
『思い通りにいかないから人生は面白い』三笠書房
『人間関係』新潮社（新潮新書）
『さりげない許しと愛』海竜社
『この世に恋して』ワック（WAC BUNKO）
『安心と平和の常識』ワック（WAC BUNKO）
『辛うじて「私」である日々』集英社（集英社文庫）
『週刊ポスト』2015・3・13 小学館
『想定外の老年』ワック

『魂の自由人』 光文社 (光文社文庫)
『夫の後始末』 講談社
『日本人の甘え』 新潮社 (新潮新書)
『老いの備え』 イースト・プレス
『人間の愚かさについて』 新潮社 (新潮新書)
『出会いの神秘』 ワック
『人生の収穫』 河出書房新社
『社長の顔が見たい』 河出書房新社
『狸の幸福』 新潮社 (新潮文庫)
『週刊ポスト』 2014・3・21 小学館
『辛口・幸福論』 新講社 (WIDE SHINSHO)
『幸せの才能』 朝日新聞出版 (朝日文庫)
『人間の分際』 幻冬舎 (幻冬舎新書)
『心に迫るパウロの言葉』 新潮社 (新潮文庫)
『自分の顔、相手の顔』 講談社 (講談社文庫)
『人は皆、土に還る』 祥伝社
『なぜ子供のままの大人が増えたのか』 大和書房 (だいわ文庫)
『人びとの中の私』 集英社 (集英社文庫)
『ブリューゲルの家族』 光文社 (光文社文庫)
『私の漂流記』 河出書房新社

六十歳からの人生
老いゆくとき、わたしのいかし方

2018年10月20日　　初版第1刷発行

著　者　曽野綾子

発行者　笹田大治
発行所　株式会社興陽館
〒113-0024
東京都文京区西片1-17-8 KSビル
TEL 03-5840-7820
FAX 03-5840-7954
URL http://www.koyokan.co.jp
振替　00100-2-82041

装　幀　長坂勇司（nagasaka design）
校　正　結城靖博
編集補助　稲垣園子＋島袋多香子＋岩下和代＋斎藤知加
編集人　本田道生
印　刷　KOYOKAN,INC.
ＤＴＰ　有限会社天龍社
製　本　ナショナル製本協同組合

ISBN978-4-87723-233-7 C0095

あなたは死の準備、
はじめていますか

死の準備教育

曽野綾子

本体 1,000円+税

SBN978-4-87723-213-9 C0095

少しずつ自分が消える日のための準備をする。「若さ」「健康」「地位」「家族」「暮らし」いかに喪失に備えるか？

曽野綾子が贈る「誰にとっても必要な教え」。

人生でもっとも自由な
時間の過ごし方

老いの冒険

曽野綾子

本体 1,000円+税

ISBN978-4-87723-187-3 C0095

曽野哲学がこの一冊に。だから、老年はおもしろい。誰にでも訪れる、老年の時間を、自分らしく過ごすための心構えとは。人生でもっとも自由な時間である「老いの時間」を、心豊かに生きるための「言葉の常備薬」。